W0386886

LE TILLEUL DU SOIR

ŒUVRES DE JEAN ANGLADE
CHEZ POCKET

UNE POMME OUBLIÉE
LE VOLEUR DE COLOQUINTES
LE TILLEUL DU SOIR
LE TOUR DU DOIGT
LES VENTRES JAUNES
LES PERMISSIONS DE MAI
LA BONNE ROSÉE

JEAN ANGLADE

LE TILLEUL DU SOIR

JULLIARD

La loi du 11 mars 1957 n'autorisant, aux termes des alinéas 2 et 3 de l'article 41, d'une part, que les « copies ou reproductions strictement réservées à l'usage privé du copiste et non destinées à une utilisation collective » et, d'autre part, que les analyses et les courtes citations dans un but d'exemple et d'illustration, « toute représentation ou reproduction intégrale ou partielle, faite sans le consentement de l'auteur ou de ses ayants droit ou ayants cause est illicite » (alinéa 1er de l'article 40).

Cette représentation ou reproduction, par quelque procédé que ce soit, constituerait donc une contrefaçon sanctionnée par les articles 425 et suivants du Code pénal.

© Julliard, 1975

ISBN 2-266-02907-X

Tircis, il faut penser à faire la retraite...
Nous avons assez vu sur la mer de ce monde
Errer au gré des flots notre nef vagabonde :
Il est temps de jouir des délices du port.

RACAN.

1

ELLe se levait, tranquille, comme les autres jours, dans sa longue chemise de toile. Tout à coup, elle se trouva le derrière par terre, sur la descente de lit, et tout ébranlée.

« Oh ! nom de gueux ! »

La chambre tournait la valse autour d'elle : les murs, le plafond, les meubles, la fenêtre. En même temps, Mathilde entendit sonner toutes les cloches du canton. Elle ferma les yeux. Quelque chose la soulevait et l'emportait, une vague de la mer qu'elle n'avait jamais vue, mais qu'elle se représentait fort bien : vaste à occuper l'horizon entier, se gonflant et se dégonflant telle une personne qui respire. La mer était donc venue jusqu'au Peyroux ?

« C'est la fin du monde, ma pauvre ! »

Toujours ce tocsin, qui lui remplissait la tête : balin-balan, balin-balan ! Elle se disait « ma pauvre » comme si, dans cette éventualité, elle eût été seule à en pâtir, seule à devoir périr noyée, avec ses poules, ses chèvres, son oie, ses lapins. Et en vérité elle n'avait pas la force de plaindre les autres. Pour plaindre les autres, faut se sentir les boyaux à l'aise et les pieds au sec.

Elle rouvrit les yeux : la baraque valsait toujours. Ensuite, peu à peu, la musique des cloches parut s'éloigner, s'enfoncer sous terre, les objets cessèrent leur tournoiement, retrouvèrent leur place. Elle constata sa drôle de position, au pied du lit, les jambes en avant, les dix orteils dressés vers le ciel. Elle n'avait pas souvent l'occasion de les regarder, ses orteils. Eux, d'ordinaire, accomplissaient leur petite besogne sans s'occuper de personne ni de rien, sans demander de compliment, sans mériter de reproche ; en sorte qu'elle ne pensait pas à leur existence. Elle fut surprise de les trouver si visibles à cet endroit, et de si bonne mine. Quand elle pensait à tout ce qui fonctionnait mal en elle ! Ses varices, la faiblesse des genoux, les douleurs des épaules, des coudes, des poignets, ces croûtes de rouvieux qui lui poussaient sur les joues, comme les lichens sur les arbres ! Eh bien ! Voilà que du moins les orteils lui donnaient de la satisfaction !

Elle comprit enfin ce qui lui arrivait :

« Tu auras eu quelque vertige. Ça vient peut-être de l'estomac. Ou du foie. Ou de la tension. »

Elle se parlait non point en pensée, mais réellement avec les lèvres, en prononçant les mots d'une voix bien audible, comme si elle avait eu quelqu'un près d'elle, dans la maison, dans le Peyroux. C'était une façon de remplir ce vide où elle habitait, d'être deux et non pas une. Et en vérité, il y avait bien deux personnes en elle : une gourmande, une coquine, une bavarde, une cancanière ; et puis sa sœur, une fausse jumelle, née le même jour, mais combien différente ! Remplie de bons principes, de bons proverbes, elle la regardait agir, la jugeait, la houspillait, riait de ses sottises, l'abreuvait de conseils pas toujours suivis, se moquait d'elle, l'injuriait quelquefois. Le jour où Mathilde dégagea du bois cette grosse branche de châtaignier brisée par la tempête, l'autre était là pour l'encourager :

« Tire ma vieille ! Tire donc !... Tire aussi fort que tu es bête ! »

Et Mathilde, en effet, tirait de toutes ses forces. Le jour où, confondant les bouteilles, elle se versa, au lieu de vin, un verre de vinaigre et en but une gorgée, la jumelle en avala sa part, s'étouffa et cracha dans l'évier :

« Mais tu vois bien que tu es la dernière des bourriques !... Tu n'en fais qu'une par an, mais elle dure trois cent soixante-cinq jours ! »

Le fait est qu'en vieillissant elle se trompait de plus en plus et tombait d'une bêtise dans l'autre.

« C'est la faute du temps, s'expliquait-elle. Y a plus de saisons... Ou peut-être de la bombe atomique... Ou de ces machines qui vont dans la lune.

— C'est la faute surtout des années, répliquait l'autre. Ta cervelle — qui a jamais été bien ferme — est en train de se ramollir comme le pain par temps de pluie. Soixante-dix-neuf ans ! Quatre-vingts au prochain jour de l'été ! Est-ce que tu n'as pas honte ? Tu devrais être morte depuis longtemps ! Pense un peu à tous ces jeunes qui se massacrent en voiture ou à motocyclette ! Quelquefois c'est leur faute, oui, je te le laisse dire ; mais pas toujours. Pense à ces pères et mères de famille, emportés par le cancer ou la fluxion de poitrine ! Et te voilà toujours debout, les pieds dans tes galoches ! A qui sers-tu, en ce monde ? A qui fais-tu faute ?

— A personne, bien sûr.

— Y a bien longtemps que tu aurais dû rejoindre le pauvre Pierre.

— Je peux quand même pas me passer la corde au cou ? Ça sera quand le bon Dieu voudra. »

Ainsi, sur le plancher, les pieds en avant, elle pensait à sa mort :

« Si ce vertige t'avait prise une seconde plus tard, tu pouvais tomber à la renverse de toute ta hauteur, te fracasser la tête ou la barre de l'échine. Te tuer, ce n'est rien. Mais suppose que tu te sois estropiée pour le restant de tes jours ! »

Le derrière d'abord, le reste du corps ensuite, elle parvint à se redresser, en se retenant fermement au lit. Elle s'habilla, prenant soin de garder la tête bien droite, s'interrompant quelquefois, fermant les yeux sur un nouveau tournis.

D'ordinaire, elle soignait son cheptel avant que de penser à elle-même. Ce matin-là, pourtant, elle trouva froide sa cuisine, frissonna et s'employa tout de suite à allumer le fourneau. Le feu y prit sans rechigner ; les genêts secs se mirent à pétiller, à encenser la pièce de leur odeur amère et douce, comme le jus de la réglisse. Mathilde posa sur les ronds une casserolette d'eau pour se faire une infusion. Elle se fiait aux vertus des herbes, des racines, des fleurs, des feuilles, des écorces, des pépins. Elle choisit dans son placard un sachet de reine-des-prés pour s'éclaircir le sang.

Assise sur une chaise, elle attendit le chantonnement de l'eau en songeant à ses misères. Ses mains reposaient sur son tablier, la gauche dessus, où luisait la large alliance d'or rouge ; les veines y formaient des ramures bleues et noueuses ; la peau était marquée de plaques brunes, comme des taches de café. Depuis sa fièvre cérébrale, trois années plus tôt, le médecin avait pris l'habitude de la maison. Sa jumelle lui reprochait fréquemment de faire la douillette ; mais elle ne pouvait plus s'en empêcher, maintenant ; en sortant du coma, elle avait eu trop peur au récit de son mal : de ses sueurs, de ses délires, des remèdes qu'on lui avait fourrés dans tous les trous :

« Je vous ai soignée, pas comme une voisine, mais comme une fille ! racontait l'Annette du Grand-Bois. Trouvez-en une autre qui accepte de faire ce que j'ai fait ! »

Puis la fille était remontée avec son baluchon, emportant le cadeau de Mathilde : un chevreau de quinze jours qu'ils avaient mangé aussitôt, tels des loups affamés, elle et ses deux maîtres, les Frompy, père et fils. Deux ans après, le vieux était mort. Alors, on ne sait comment se l'expliquer, une ambition soudaine avait saisi Annette. A Georges Frompy, elle avait un matin présenté cet ultimatum :

« Ou bien tu m'épouses, ou bien je m'en vais.

— Té ! En voilà une autre ! Et pourquoi que je t'épouserais ? Ensemble, toi et moi, on vit bien comme ça. Alors ? Qu'est-ce que ça me rapporterait que je t'épouse ?

— A toi, rien. A moi, si. Je veux la communauté.

— La communauté ?

— Oui. Par contrat, tu m'assures la moitié de tes biens. Voilà.

— C'est donc ça ! Tu désires ma mort ! Oh ! grande salope ! Ensuite, tu me feras boire le bouillon de onze heures ! Compte pas sur moi pour le mariage !

— Dans ces conditions, je pars demain matin, si tu changes pas d'avis en dormant.

— Je trouverai une autre bonne !

— Une comme moi ? Laisse-moi rire.

— Tu dois me donner huit jours. C'est la loi.

— M'en fous, de la loi.

— Je t'attaquerai ! Je t'attaquerai !... »

Elle fit comme elle avait dit et s'en alla sans laisser d'adresse. Quelle mouche l'avait piquée ? Avoir supporté quinze ans le père et le fils ensemble, et ne pas pouvoir endurer le fils seul un jour de plus ! Georges Frompy n'attaqua personne : ce sont des choses qu'on se lance à la figure, mais que font les imbéciles seulement, la justice est bien trop chère. La maison avait mauvaise réputation : aucune femme ne voulut prendre la suite d'Annette. A présent, il vivait seul comme un hibou, ne se lavait plus, puait comme un bouc, se nourrissait de pain, de lard, de fromage, de patates bouillies volées à la marmite des cochons. Bref ! En cas de rechute, Mathilde Dutheil savait qu'elle ne pourrait plus compter sur personne pour la soigner ; les femmes qui restaient dans les hameaux environnants avaient bien trop à faire chez elles. Voilà pourquoi elle se faisait souvent examiner par le médecin de Puy-Guillaume. A côté des sachets d'herbes qu'elle remplissait elle-même, son buffet contenait toute une pharmacie : gouttes, cachets, pilules, suppositoires, pour le cœur, le foie, l'urée, la tension. Elle les prenait de son mieux, les oubliant souvent, parce qu'elle souffrait maintenant de distractions, à cause de sa cervelle ramollie.

Elle songeait à ces choses, assise près du fourneau, les mains sur les genoux. Tout par un coup, elle s'aperçut que l'eau de l'infusion ne chantait pas encore. Elle se leva, ajouta du bois au feu.

« Ta casserole a le derrière bougrement froid, ce matin ! » dit la jumelle.

Quand elle eut bu sa tisane de reine-des-prés, elle s'emmitoufla dans son châle noir et sortit pour appâturer ses bêtes. Le jour naissait à peine, à travers le brouillard épais et suintant qui couvrait comme un cataplasme le village abandonné.

Malgré son nom, le docteur Lenoir avait la tête toute blanche. Mathilde lui avait recommandé, chaque fois qu'il se trouverait à passer au voisinage du Peyroux, de monter jusque chez elle voir si elle avait besoin de ses services. Une sorte d'abonnement, en somme, comme avec le journal. Il arrêtait sa voiture devant la bicoquette, poussait le portillon, criait :

« Mathilde ! »

Si elle apparaissait, elle répondait :

« Oui bien !... Pas la peine aujourd'hui, je me sens comme il faut. Merci tout de même. »

Ou, au contraire, elle faisait signe, derrière ses carreaux, d'entrer tout à fait.

Elle lui raconta son vertige, sa chute sur la descente de lit qui s'était trouvée là bien à point, toutes ces cloches qui sonnaient : elle avait cru à la fin du monde.

« La fin du monde, bougonna l'autre en secouant sa tête de poireau, c'est quand on casse sa pipe. Elle vient pour chacun de nous, tôt ou tard. »

Elle eut une curiosité soudaine : pour une fois qu'elle se trouvait en compagnie d'un homme très savant, un spécialiste de la vie et de la mort, qui avait dû au cours de sa carrière en voir de toutes les couleurs, elle se mit à l'interroger sur ce qui se passe *après*.

« Après ? Après quoi ?

— Eh bien !... Après qu'on vous a fermé les yeux, pardi !

— On vous fout dans une boîte, et la boîte dans le trou.

— Ça, je le sais. Mais après ?

— Faut-il que j'insiste ? Votre corps...

— Je sais bien ce qui arrive au corps. Mais... Le reste ?

— Le reste ?

— Oui, le reste... l'âme.

— L'âme ! Des histoires de curés ! Y a pas d'âme à part. L'âme fait partie du corps. Elle est en lui, accrochée à lui ; sans lui, elle n'existe pas. Tenez, je vais me servir d'une comparaison. Le corps et l'âme, c'est la même chose qu'un livre et son contenu. Il vous est arrivé de lire un livre ? D'ouvrir un livre ? »

Elle chercha dans ses souvenirs, remonta

jusqu'au temps de son école à Escoutoux, chez les sœurs qui lui apprenaient *qu'est-ce que Dieu ?* et lui disaient : « Ma pauvre Mathilde ! Ce n'est pas une tête que tu as sur les épaules, mais une calebasse ! » Qu'est-ce qu'une calebasse ? Le monde est plein de mystères et de complications.

« Oui, finit-elle par reconnaître. Je lis mon livre de messe.

— Bon, mettons un livre de messe. Il vous dit quelque chose, n'est-ce pas, ce livre de messe ? De quoi parle-t-il ?

— Il parle de Dieu, et des prières, et de l'âme.

— Tous ces trucs ont un sens, en principe. C'est des idées, des sentiments, une histoire qu'il raconte. L'histoire, voilà l'âme du livre. Le papier, la reliure, voilà son corps. Si vous le jetez au feu, tout disparaît, le papier et l'histoire. Le corps et l'âme. Pour nous, hommes, c'est la même chose. »

Elle fut consternée de ce qu'il lui révélait : cela ne s'accordait guère en effet avec ses croyances profondes. Voyant son affliction, l'autre retrouva son instinct professionnel et voulut la remonter un peu :

« La différence avec le livre brûlé, c'est que, après, nous ne sommes pas entièrement perdus. Nos molécules... je veux dire les petites parties qui nous composent se dissolvent... se mélangent à la terre. Nous revivons ensuite, sans doute, sous la forme végétale. J'imagine que notre âme donne alors aux fleurs leurs couleurs et leur parfum, aux fruits leur saveur. Les bleuets, les coquelicots, les violettes empruntent peut-être l'âme de quelqu'un que nous avons connu. Ça vous chagrinerait de devenir un coquelicot... après ?

— Un coquelicot, moi ? Peuh !

— Enfin, je vous dis ce que je crois être la vérité. Je le crois profondément. Mais il est possible aussi que je me trompe.

— Ah ?... Vraiment ?... Ça se peut ? »

Cette éventualité la consola. Elle aurait eu vraiment trop de peine si son âme avait dû s'évaporer comme l'histoire d'un livre brûlé ; si elle avait dû renoncer à l'espérance de retrouver un jour les chères âmes de ses défunts : Pierre, son mari de quelques mois ; Maurice, son frère ; son père et sa mère ; Vatelequerre, le dernier voisin... Ce grand-père Membrun dont elle avait presque oublié la figure, depuis soixante-dix ans qu'il avait quitté ce monde, mais qu'elle revoyait encore sur son lit de mort, adossé à deux oreillcrs. Tandis que ses enfants inondaient ses mains de larmes, il avait pris sa dernière colère, autant que le lui permettait son agonie :

« Arrêtez de pleurer, imbéciles !... Vous finiriez par me mettre dans l'inquiétude... Où croyez-vous donc que je serai, demain ?... Au cimetière d'Escoutoux ?... En enfer ?... Non, demain... je serai en Paradis... Y a-t-il de quoi pleurer ? Ou au moins au Purgatoire, qui en est le commencement... si le bon Dieu veut... J'ai jamais commis de péché assez gros pour descendre chez le diable. Alors... arrêtez vos larmes ! »

En gardant ses chèvres, les jours de soleil, Mathilde rêvait de ces futures retrouvailles. Ils seraient tous là-haut à l'attendre, dans leur longue chemise de nuit, les bras grands ouverts.

Pierre et Maurice avec leur figure de vingt-cinq ans, tandis qu'elle arriverait, elle, plus plissée qu'un porte-monnaie. Plus vieille, même, que son père et sa mère ! A cause de la pénicilline et des remèdes d'aujourd'hui qui te gardent en vie malgré toi, alors que tu as fait ton temps !

Le docteur Lenoir l'examina, la fit tousser, écouta son cœur, mesura sa tension : 22 !

« C'est beaucoup trop, chère Mathilde. Vous ne devriez pas rester seule dans cette maison.

— Si vous voulez me payer une dame de compagnie !

— L'été, passe encore. Mais l'hiver ! A chaque instant, une congestion peut vous terrasser. Qui s'occupera de vous ? Savez-vous ce que vous devriez faire ? Vous avez de bonnes pensions, n'est-ce pas ?

— Oh ! bonnes !

— Suffisantes, je crois savoir, pour que vous vous retiriez dans une de ces maisons où l'on reçoit les vieilles personnes. Elles y sont bien nourries, bien logées, bien chauffées, bien soignées. Libres de sortir à leur fantaisie. Jamais seules, toujours en compagnie de gens de leur âge. La télévision, un jardin, des bancs à l'ombre. Que peut-on désirer de plus ?

— L'hospice ! Vous voulez m'envoyer à l'hospice ?

— Il ne s'agit pas d'hospice ! Ça n'existe plus, les hospices ! Je vous parle d'une maison de repos, d'une maison de retraite, d'une résidence pour le troisième âge. Des sortes d'hôtels.

— Le troisième âge ? Qu'est-ce que c'est, le troisième âge ?

— Celui que vous avez. On trouve de ces

hôtels un peu partout dans la région : à Maringues, à Lezoux, à Aigueperse, à Thiers, à Billom, à Pont-du-Château... Voulez-vous que je m'en occupe ? Que je vous cherche une place ?

— Non, non... Pas encore. Il me semble que je peux tenir cet hiver... Quitter ma maison, est-ce que vous vous rendez compte ? Et qui s'occupera du Peyroux quand je serai partie ? Quand il y restera plus que les rats et les araignées ?

— Hé ! Ne vous souciez pas du Peyroux ! Si abandonné qu'il soit, il durera plus longtemps que vous !

— On verra, on verra. Pas tout de suite.

— Comme vous voudrez ! Vous voilà prévenue ! »

Elle reçut d'autres avertissements : les oignons de son potager avaient la pelure épaisse ; les hirondelles s'en allèrent de très bonne heure ; le jour de la Saint-Michel, le vent souffla du nord. Et le plus terrible, le plus solennel de tous : les escargots ! Dès la fin septembre, les escargots s'enfoncèrent sous terre de façon incroyable, et se murèrent sous leur couvercle. En arrachant ses carottes, elle en découvrit à une profondeur de bêche ! Tous ces signes signifiaient la même chose : l'hiver serait précoce et rude. Elle fit mine de ne pas comprendre.

Il fut rude en effet. Elle l'attendait de pied ferme, sa cave bien garnie de charbon, son bûcher rempli jusqu'au goulot du bois tout scié que lui apportait Frompy avec son tracteur. Vers la mi-octobre, il y vint un grand froid, mais qui ne dura guère. Juste assez pour plumer les arbres de leurs dernières feuilles. Elle les ramassait à brouettées, les portait au fond de son jardin, sur le tas des ordures ; avec le fumier de ses lapins et de ses biques, cela deviendrait l'aliment dont elle engraisserait, au printemps, sa terre épuisée par six mois de jeûne et d'abstinence. Puis, saint Martin nous fit cadeau d'un été de trois jours, comme à l'accoutumée.

Décembre et janvier furent des mois neigeux. Chaque matin, elle balayait devant sa porte, s'ouvrait un passage jusqu'à l'abri des bêtes. Elle ne sortait jamais sans ses châles, les mains dans ses mitaines, enveloppée comme une momie. Certains jours, quand le vent soufflait de Puy-Guillaume, aussi affilé qu'une lame de rasoir, elle aurait voulu s'enfoncer sous terre, à la façon des escargots. Les lapins se pelotonnaient l'un contre l'autre au fond de leurs cages ; les poules n'osaient descendre de leur juchoir ; Margarette, son oie, souffrait de neurasthénie ; ses trois chèvres se cotisaient pour lui fournir une bolée de lait. Une fois ses devoirs accomplis, Mathilde rentrait chez elle, frissonnante. Elle se frottait les mains pour les dégourdir, s'installait devant son fourneau, les pieds dans le four. C'est le moment que choisissait Courtaud pour lui sauter sur les genoux. Elle le caressait longuement de la tête jusqu'à sa queue coupée ; elle, ça la réchauffait, et lui, ça lui faisait plaisir. Sous sa main, le poil pétillait.

Le médecin venait de temps en temps constater si elle était vive ou morte. Il apportait quelque échantillon pharmaceutique :

« Prenez ça en cas de rhume... en cas de fièvre... en cas de vertige... »

Puis il repartait en grommelant :

« Ah ! ces vieilles carcasses ! »

Au crayon, elle inscrivait sur les boîtes : *rhume... fièvre... vertige... ;* puis elle les rangeait dans son placard et les y oubliait. Elle préférait ses tisanes dans lesquelles, parfois, elle versait une goutte de *blanche*. Le soir, elle plaçait au milieu de son lit une brique chaude enveloppée d'un vieux bas de laine.

A force de précautions, elle traversa l'hiver presque sans dommage. Seul janvier lui causa du tort, par une toux qui la déchirait et ne l'abandonnait qu'épuisée ; rien n'y faisait, ni le sirop, ni les frictions à l'eau-de-vie, ni les encouragements ironiques dont elle se fouettait :

« Tousse donc, vieille poussive !... Oh ! tousse donc !... Encore un coup !... Une autre fois !... Que le diable te crève ! »

Venue sans invitation, la toux s'en alla seulement quand il lui plut.

Février fut doux et pluvieux ; les premières violettes montrèrent leur nez. Encore un petit mois, se prédit Mathilde, et tu entendras chanter le coucou. Or voici qu'au moment où tout risque semblait écarté, un autre mal la frappa : un terrible lumbago. Elle ne pouvait faire un pas sans gémir, pliée sur sa canne, en chien de fusil.

« Vous devriez être couchée ! s'emporta le docteur. Les reins enveloppés ! Ça ne peut plus durer comme ça ! Je vous emmène ! Je vous fais hospitaliser à Thiers !

— Et mes bêtes, qui les soigne ? Vous les faites hospitaliser aussi ?

— Vous voyez bien que vous ne pouvez plus rester seule ! Liquidez-les, vos bêtes ! Et qu'on n'en parle plus ! Ou alors cherchez-vous un autre médecin ! Est-ce que les bêtes vont passer avant le monde ? »

De la poche de son tablier, elle sortit son mouchoir à carreaux et se mit à pleurer dedans.

« Essayez pas de m'avoir avec vos larmes ! Je marche pas ! »

Recroquevillée dans son fauteuil de rotin, elle continua quand même.

« Je vous répète que vous devez partir ! partir ! partir !

— Ayayaye !

— Quoi, ayayaye ?

— Vous me faites mal, avec ce mot.

— Si vous voulez que je revienne, promettez-moi absolument de les vendre ! Promettez !

— Hé ! Ça se fait pas du jour au lendemain ! Faut que je cherche quelqu'un de convenable, qui leur fera pas de misères !

— Vous connaissez tous les gens de la commune. C'est pas difficile.

— Faut que j'en parle, quand j'aurai l'occasion.

— Promis ?

— Promis. Mais je peux pas fixer une date. »

Ses larmes s'étaient arrêtées. Et, soudain, elles rejaillirent, se dispersèrent dans les rides de son visage.

« Ça vous reprend ? Qu'est-ce qu'il y a ?

— C'est... encore... à cause de mes bêtes. Elles ont rien mangé... depuis hier. J'ai pas pu... m'en occuper. Puisque vous êtes là, si vous vouliez... me rendre ce service...

— Quel service ?

— D'aller leur donner quelque chose. Y a

tout ce qui faut dans le hangar. Des betteraves pour les lapins. Vous les coupez en tranches. Y a un couteau. Du genêt vert pour les chèvres. De l'orge pour les poules. »

La stupeur lui fit tomber les bras :

« Vous me demandez... ?

— Puisque vous êtes là ! »

Ensuite, la drôlerie de la chose le fit éclater de rire. Les lapins le reçurent bien ; mais les poules, terrorisées, s'envolèrent jusqu'au toit en criant à l'assassin ! Il découpa les betteraves en tranches, jeta quatre poignées d'orge au milieu des fientes, répartit le genêt vert. Comme les chèvres tournaient vers lui d'un air dédaigneux leur regard égyptien :

« Excusez, dit-il, vexé jusqu'aux oreilles, si je n'ai pas les compétences de la Mathilde ! »

Quand il revint dans la cuisine, il suggéra :

— Vous n'avez pas un parent, une parente, qui pourrait venir passer quelques jours avec vous ?

— Si. Plusieurs neveux et nièces. Je parle pas de mes belles-sœurs, aussi mal fichues que moi. Tous mes frères sont morts.

— Eh bien ! Ecrivez-leur. »

Elle réfléchit ; puis : « Je vais écrire à ma belle-sœur de Randan. C'est la seule qui m'envoie une carte, de temps en temps. Elle a une fille et deux garçons.

— N'y manquez pas. »

La semaine suivante, quand il revint, il trouva sa cliente à peu près dans le même état.

« Ça n'a pas l'air d'aller bien mieux. Je vous ai ordonné la chaleur du lit et des frictions.

— Oh ! je me frictionne ! je me frictionne !

— Vous avez écrit à votre parente ?
— Oui. Pas encore de réponse.
— Et ce bétail, liquidé ?
— Je m'en occupe. Faut le temps, tout de même !
— Comment vous en occupez-vous, alors que vous ne pouvez pas mettre un pied devant l'autre ?
— J'en ai parlé à Clémençon, le facteur. C'est un homme de bonne volonté, et qui me débarrasse bien. Il me fait beaucoup de commissions, en m'apportant le journal. Alors, comme il entre dans toutes les maisons, il lui est facile de dire : Y a la Mathilde du Peyroux qui vend ses chèvres, ses poules, ses lapins, vu que le docteur Lenoir veut l'enfermer à l'hospice...
— Sacrée tête de mule ! Je vous ai dit que l'hospice, ça n'existe plus !
— Peut-être que je me suis mal expliquée. Ce qui compte, c'est que mon cheptel s'en aille, pas vrai ? Et quand Clémençon s'occupe d'une affaire... »
Il haussa les épaules, se prépara à partir, la saluant avec un sarcastique :
« Portez-vous bien ! A la prochaine fois.
— Attendez !
— Qu'est-ce qu'il y a encore ?
— Sans vous commander... puisque vous êtes là... si vous vouliez bien comme l'autre jour...
— Vous vous foutez de moi, Mathilde ? Est-ce que vous me prenez pour votre garçon d'écurie ?
— Clémençon accepte bien, lui, de leur donner à manger, aux pauvres bêtes. Il a même curé la cage des lapins !

— Ah ! non ! Ne me demandez pas ça ! Les betteraves, passe encore ! Mais pas le fumier ! Surtout le fumier de lapins ! Le pire qui soit ! Quand mon père voulait insulter quelqu'un, il criait : Fumier de lapins blancs !

— Il était guère poli, votre père. Mais j'aurais bien dû penser qu'un docteur est moins charitable qu'un facteur des P.T.T.

— Alors là... si vous me prenez par les sentiments... Je vais être obligé de rivaliser avec Clémençon.

— Le bon Dieu vous récompensera.

— M'en fous, du bon Dieu. »

Il laissa sur une chaise sa boîte à outils, et s'en alla vers la remise, amusé au fond de ce qu'on lui faisait faire. Les poules ne l'accueillirent pas mieux que la première fois : elles en avaient ras le bol de voir entrer chez elles cette tête qu'elles ne connaissaient ni d'Eve ni d'Adam.

La belle-sœur de Randan finit par répondre · *Bien chère belle-sœur, je suit bien fachée de ce qui vous arrive si je pouvait venir moi même vous soigné je ne manquerait pas de le faire mais comment vouler vous à mon age et avec toutes les douleurs que j'ai toute la misère et pas chez les mêmes vous me parlais aussi de mes garçons et de ma fille on diret que vous avais oublier leur situassion Jean-Claude l'ainé est marié il a un enfant il travail à la briquetterie de Billom il ne lui et pas possible de quitté son travail et de risqué de se faire mètre à la porte Jeanne la seconde et mariée aussi postière à Saint-Germain-des-Fossés ces la même chose il reste le troisième Gaston qui a 32 ans toujours célibatère il et avec moi il exploite la ferme mais s'il va soigné vos bêtes à vous qui va soigné les notres ça serai comme on dit déculoter saint Jean pour culoter saint Pierre je suis bien fachée de votre lombagot mais ces quant même pas si terrible il me semble que vous vous écouter un peu trop dans ce genre de maladie veau mieux se remué un peut enfin espéront que ma lettre vous trouvera mieux je prirer la Sainte Vierge pour qu'elle vous donne son appuit votre belle-sœur qui pense à vous*

Joséphine Membrun

Quand elle eut déchiffré cette feuille, Mathilde la lut une seconde fois ; puis elle entra dans une grande fureur et la déchira en mille morceaux :

« La Sainte Vierge ! Oh ! Nom de gueux de nom de gueux ! La Sainte Vierge ! Votre belle-sœur qui pense à vous !... »

Elle tapa sur la table, s'arracha de son fauteuil, jeta les débris dans le feu. Alors, elle s'aperçut que sa colère lui avait fait du bien ; son échine lui parut un peu moins douloureuse.

Ensuite, le printemps vint et le coucou chanta.

2

SON lumbago évanoui, Mathilde n'avait plus de raison de quitter immédiatement le Peyroux. Elle fit savoir au voisinage, par le haut-parleur de Clémençon, qu'elle n'était plus vendeuse du bétail, que le marché pouvait attendre. Néanmoins, elle savait que ce n'était que reculer pour mieux sauter. Le médecin ne lui laissa aucune illusion :

« Vous avez réussi, par je ne sais quel miracle, à traverser l'hiver sans trop de dégâts...

— C'est la Sainte Vierge, et les prières de ma belle-sœur de Randan.

— Ne vous avisez pas de tenter l'épreuve une autre fois l'hiver prochain. Vous n'y coupez pas pour la pneumonie double, la pleurésie purulente ou la grippe infectieuse. Pour vous, c'est alors l'hôpital d'urgence ; pour vos bêtes, la crevaison dans les plus courts délais. D'autre part, ne croyez pas qu'il soit facile d'obtenir une place dans les hôtels de retraite au dernier moment : ils sont très demandés. Tout le monde aujourd'hui veut aller finir ses jours dans ces établissements. Alors, voici ce que je vous conseille. Passez ici la saison chaude. Mais dès le mois de septembre, vendez tout, cheptel et maison…

— Oh ! non ! Pas ma maison ! Ma maison, je la garde !

— Une fois installée là-bas, dans le confort, vous n'en aurez plus l'usage. Il vaudra mieux en tirer quelques sous qui, plus qu'elle, vous rendront service.

— Si elle ne sert pas à moi, elle pourra servir à quelqu'un d'autre, un jour.

— Quelqu'un d'autre ?

— Oui, on ne sait jamais. »

Il s'aperçut qu'elle rougissait, comme prise en faute, et comprit qu'elle pensait encore à ce mauvais sujet : Louis, son fils, occupé à « faire des affaires » sur la Côte d'Azur, et qui ne voulait plus entendre parler d'elle. Elle avait payé assez cher pour en être sûre. Et voilà qu'elle espérait encore contre toute espérance ! Elle se l'imaginait revenant un jour au Peyroux, dans ce « bled pourri », ce « patelin de cons », pour y passer des vacances, en compagnie d'une de ses nombreuses fiancées ! Ou pour y écouler, beaucoup plus tard, les jours d'une retraite heureuse parmi les pâquerettes et les boutons d'or ! L'espérance est une flamme difficile à éteindre. Le médecin lut tout cela dans la rougeur de Mathilde. Il haussa les épaules et se contenta de dire :

« Comme vous voudrez. En tout cas, vos bêtes, hein ? je n'en veux plus avant la fin de l'été. Je m'occuperai de vous chercher une place. Avez-vous une préférence ? Lezoux ? Maringues ? Thiers ?

— Non, non. De toute manière, dans votre

hôtel, je connaîtrai personne. Alors, ici ou ailleurs... »

Elle vécut donc son dernier été au Peyroux. Au lieu d'emmener ses chèvres au plus proche pâtis, comme les autres années, elle marchait aussi loin que le lui permettaient ses genoux. Elle revoyait ainsi des coins de terre, des chemins, des arbres depuis longtemps perdus de vue et quasiment oubliés. Ceux qui passaient s'étonnaient de la rencontrer si loin de sa bicoque :

« Ohé ! Mathilde ! Qu'est-ce que vous faites par ici ? Du camping sauvage ? Vous allez vous perdre !

— Pas de risque ! »

Elle avait naguère connu chaque pierre, chaque pouce de terrain, chaque repli de la montagne. Pas de risque qu'elle s'égarât dans la région ! Certains endroits, elle les aurait devinés les yeux fermés, à l'odeur : sur tel versant, les châtaigniers, avec leurs fleurs fades qui pendent de partout, comme des queues de rat ; ailleurs, les aubépines amères ; l'âcre senteur des orties foulées ; la résine des troncs d'arbres entassés ; les eaux croupissantes ; les fumures épandues. En se vidant de ses hommes, la campagne perdait à présent aussi un peu de ses odeurs. N'importe ! Telle quelle, nom de gueux, elle valait la peine d'être respirée ! Mathilde se remplissait de tout ce que bientôt elle allait perdre.

Elle regardait avidement les maisons du village. Celle de Victor Dassaud : maintenant, tas de ruines envahies par les ronces ; un frêne était en train de grandir tranquillement au milieu. Le toit des Maibert commençait à s'enfoncer. Celle des Jolivet avait déjà perdu le sien ; la nuit, à travers les fenêtres, tu pouvais compter les étoiles. Celle des Plandieu, celle des Dozolme restaient encore bravement debout ; elle vit des lézardes à traiter, des volets à repeindre, des lucarnes à boucher, et les signala aux héritiers, dès qu'elle en eut l'occasion. Qu'allait devenir le Peyroux sans elle ? Qui donc, pour le garder en vie, y entretiendrait la fumée quotidienne ? Qui soignerait ses blessures ?

Chaque soleil levant la rapprochait de son départ. Le combien sommes-nous ? Mon Dieu ! Déjà le vingt-quatre ! Plus qu'une semaine avant la fin du mois ! Clémençon lui envoya des acheteurs. Elle les avertit fermement :

« D'accord, je veux bien vendre mon cheptel. Mais je le garde jusqu'au dernier jour ! Alors, ne venez pas le chercher avant que je vous le fasse dire par le facteur des P.T.T. »

Un matin, le médecin débarqua, rayonnant :

« Ça y est, Mathilde ! Après je ne sais combien de démarches, j'ai enfin ce qu'il vous faut. A vingt kilomètres d'ici : Entraygues. J'espère que vous êtes contente ?

— Vingt ou quatre, qu'est-ce que ça me fait ? Quand je serai partie...

— Qui vous empêchera de temps en temps, à la belle saison, de venir jeter un coup d'œil au Peyroux ? En taxi, ça ne coûte pas une fortune ! Ça vous fera une sortie. Vous aurez plaisir à revoir votre bicoque. J'ai réservé votre place pour le premier octobre.

— Vous êtes bien pressé de perdre ma clientèle ! Je pourrais tenir jusqu'à la Toussaint. Je ramasserais des châtaignes, je les emporterais...

— Vous aurez là-bas tout le nécessaire. Inutile d'emporter de la nourriture. Quant à la date, on ne m'a pas laissé le choix : c'est le premier octobre ou rien du tout. »

Elle baissa la tête, résignée désormais à ne plus faire que la volonté des autres. Depuis cinquante ans, elle n'avait d'autre maître que la volonté du ciel ; et voici qu'elle allait devoir apprendre à obéir, comme lorsqu'elle était petite fille, ou en service à Barante. Le docteur lui exposait tous les avantages dont elle jouirait à la maison d'Entraygues : logée, nourrie, blanchie, chauffée, soignée gratuitement en cas de maladie. Aucun souci à se faire ! Il la prit par les épaules pour qu'elle le regardât en face, pour qu'elle se laissât éclairer par sa joie à lui :

« Savez-vous, Mathilde, savez-vous comment s'appelle ce palace ?

— Comment que je le saurais ?

— Ecoutez bien. Il s'appelle : *Le Doux Repos !*

— *Le Doux Repos ?*

— Oui, *Le Doux Repos.* Qu'est-ce que vous en dites ?... C'est un programme, ça, non ?

— Ben oui. C'est pas trop mal. »

Elle dut en convenir, avec mauvaise humeur. Elle demanda ce qu'il faudrait emporter.

« Votre linge de corps, simplement ; tout le reste, draps, serviettes, sera fourni par la Maison. N'est-ce pas merveilleux ?

— Et comment serai-je logée ?

— Là se pose un problème. Il existe des chambres communes, pour huit ou dix personnes ; des chambres à deux ; des chambres individuelles. Naturellement, moins l'on est, plus c'est cher. D'autre part, les chambres individuelles sont très peu nombreuses. Moi, je vous conseille la chambre à deux. De cette façon, vous aurez de la compagnie. Chaque personne rend de petits services à l'autre. On bavarde, on ne voit pas le temps passer. »

Elle hocha la tête, consentante, puis tout à coup la redressa :

« Je plains celle qui couchera à côté de moi ! Sauf si elle est sourde. En dormant, je ronfle plus fort qu'une batteuse ! »

Ils évoquèrent le prix de pension. Tant par jour. Multiplié par trente, ça mangerait à peu près entièrement ses deux retraites cumulées, celle de veuve de guerre et le Fonds de Solidarité. Mais lui :

« Qu'est-ce que cela fait ? Puisque tous vos besoins seront couverts ! Vous n'aurez pratiquement rien à acheter. Pour les dépenses imprévues, il vous reste vos économies. J'espère que vous ne les gardez pas pour... vos héritiers ?

— Non, non.

— Vous retirerez de la Caisse d'Epargne une certaine somme. Mettons par exemple 100 000 francs. Anciens, bien sûr. Vous les confierez à l'économat de la Maison qui vous les gardera dans son coffre. Quand vous aurez besoin d'un peu d'argent, vous le demanderez à l'économe. Vous voyez : c'est sûr et simple. De cette façon, vous n'aurez jamais sur vous que de petites sommes, et vous ne craindrez pas les voleurs.

— Il y a donc des voleurs ?

— Ma chère Mathilde, des voleurs, il y en a partout. Même au gouvernement. Même à Rome, chez le pape, puisqu'il dispose d'une prison. Alors, il vaut mieux se prémunir. »

Elle entra dans le mois de septembre, qui fut très beau cette année-là ; on aurait dit que la campagne voulait lui donner de plus grands regrets. Dans les jardins abandonnés, les pommiers, les poiriers, les cognassiers étaient chargés de fruits ; les grappes commençaient à rosir. Elle contempla le sien, le cœur serré. Il y restait des légumes que les lièvres seuls mangeraient : des choux, des carottes, des haricots, des salades ; et un potiron qui faisait quasiment un mètre cube ! Jamais elle n'avait produit de potiron aussi gros. Comme pour se moquer d'elle, chaque jour il enflait davantage. L'oie Margarette déambulait dans la cour tristement, sans rien dire. Depuis la mort de Vatelequerre, plus personne ne se souciait de lui donner la réplique, de lui dire : « Margarette ! Ha ! Ha ! » pour l'inciter à répondre. Alors, elle se taisait. Elle n'aimait pas les monologues.

Le 22, jour de la Saint-Maurice (elle avait chaque année ce jour-là une pensée spéciale pour son pauvre frère, celui qu'elle avait préféré), Francis Jolivet descendit de Chautard avec son tracteur et son tombereau à fumier, de bon matin. L'acheteur, c'était lui ; il venait prendre livraison. Elle s'indigna :

« Tu vas mettre tout le monde là-dedans ? Mes chèvres, mes poules, mon oie, mes lapins ?

— Et alors ! Ils ont bien l'habitude de vivre ensemble, non ?

— Ils vont se battre, dans ton tombereau ! Tu aurais pu faire deux voyages !

— Deux voyages ? Et le gas-oil, vous croyez qu'on me le donne à l'œil ? »

Il était venu très tôt pour surprendre la volaille au nid :

« La laissez pas sortir, qu'il recommanda. Je vais charger les lapins d'abord, dans une caisse ; ensuite les chèvres ; les poules en dernier ! »

Les lapins n'opposèrent qu'une résistance symbolique. Il n'en fut pas de même des biquettes. D'abord, elles s'affolèrent dans leur chèvrerie, à la vue et à l'odeur de ce gaillard inconnu, vêtu de bleu, avec une drôle de casquette.

« C'est ta casquette, expliqua Mathilde, qui les rend nerveuses.

— Qu'est-ce qu'elle a, ma casquette ?

— Un pompon. Une casquette avec un pompon. Comme le béret des marins.

— Eh ben quoi ! C'est la mode !

— Oui, mais elles, elles ont jamais vu ça. Moi-même, ça me donne quasiment la berlue. Je veux regarder ailleurs ; et mes yeux, malgré moi, reviennent toujours vers ton pompon. Alors, excuse-les.

— Eh ! mon pompon !... »

Il ne trouva rien d'autre à dire. Quant aux chèvres, elles ne succombèrent qu'avec la complicité et la traîtrise de leur maîtresse. Mathilde les emmena une à une jusqu'au pied du tombereau ; là, Jolivet les saisit à bras-le-corps, malgré leurs contorsions et leurs ruades, et les jeta dedans.

« Doucement ! recommandait la vieille. Doucement, Francis ! Ne leur fais pas de mal ! »

Quand elles furent toutes trois dans la voiture, elles se mirent à bêler, d'une voix désespérée. Mathilde fondit en larmes, ce qui rendit l'acheteur furieux :

« Je crois bien que la plus chèvre des quatre, c'est encore vous ! Allez vous cacher ! Laissez-moi finir tout seul le chargement ! »

C'est ce qu'elle fit. Dans sa cuisine, elle se boucha les oreilles pour ne pas entendre les piaillements de sa volaille pourchassée. Margarette ressortit sa voix des meilleurs jours, lança de grands coups de trompette. Jolivet eut quand même le dernier mot : bientôt, tout le cheptel se trouva en vrac dans le tombereau à fumier, piétinant, caquetant, chevrotant. Afin d'empêcher les évasions, il le recouvrit d'une bâche qu'il ficela par-dessous. Il revint satisfait, en s'époussetant les mains.

Mathilde l'attendait sur sa chaise, les mains abandonnées, les joues humides, la figure en grand deuil.

« Remettez-vous, ma pauvre ! Remettez-vous ! Vaut mieux perdre ses bêtes que perdre ses enfants.

— L'un n'empêche pas l'autre. »

Il se mordit la langue, de la bêtise qu'il avait lâchée. Puis, comme une consolation, il déposa devant elle, sur la table, les billets du prix convenu :

« Rubis sur l'ongle ! Moi, je paye toujours rubis sur l'ongle ! »

C'était une expression luxueuse, qui visiblement lui plaisait. Il insista :

« Vous pouvez compter. »

Elle eut un geste de la main pour signifier : je vous fais confiance. Elle aurait dû alors, selon les bons usages, se lever, offrir une goutte de quelque chose, de *blanche* ou de son eau de coing. Mais elle semblait avoir perdu le sens des convenances. Elle restait là, les yeux dans le vide, sans parole ni mouvement.

« Je comprends, fit Jolivet, gêné de ce silence, qu'un déménagement... à votre âge... ça vous foute un coup. Mais vous en faites pas, Mathilde ! Là-bas, vous serez gâtée... comme un coq en pâte... Et puis, on ira vous voir ! Comme un coq en pâte, vous serez, là-bas ! »

Il avait ainsi des expressions, *comme un coq en pâte, rubis sur l'ongle,* des friandises de bouche en quelque sorte, qu'il roulait sur sa langue. La vieille, elle, semblait aussi devenue sourde. Dans ces conditions...

« Bon. Eh bien ! je m'en vas. Vous restez encore quelques jours ?... J'aurai sûrement l'occasion de repasser par ici. Ménagez-vous, Mathilde. Nous autres, dans la région, on vous oubliera pas, soyez sûre !... Au revoir. Ménagez-vous. »

Elle ne répondit point. Quand il fut sur la porte, il se retourna, répéta :

« Ménagez-vous ! »

Puis il traversa la cour à grandes enjambées, vers le tombereau à fumier où c'était toujours la révolution.

Elle perdit également le manger et le dormir. Le jour, une question lui traversait souvent l'esprit : Est-ce que tu as soigné ton cheptel ? Elle ne pouvait retenir ses jambes de la porter malgré elle vers la remise où, naguère, sa venue provoquait toujours un ébrouement joyeux. Une fois à l'intérieur, elle revoyait les places vides, tout son corps se mettait à trembler. Elle ne pleurait plus, ayant fini sa provision de larmes ; il ne lui restait que des sanglots, une sorte de petit hoquet qui la secouait de la tête aux pieds : hup ! hup ! hup !...

Elle errait dans la maison en gémissant. Nom de gueux de nom de gueux de nom de gueux. Elle fit un petit tas des affaires à emporter : camisoles, chemises de nuit, bas, bonnets... Elle les enveloppa d'un vieux drap retenu par des épingles de nourrice. Là-bas, auras-tu la place d'installer tout ça ? Nom de gueux de nom de gueux de nom de gueux. Elle passa de même en revue tous les souvenirs de ses tiroirs : vieilles ordonnances, livret de la Caisse d'Epargne, livret de famille, lettres, titres de propriété ; elle entassa ce qu'elle voulait garder dans sa boîte à malices : le coffret du *Caïffa,* avec, sur le couvercle, le joueur de galoubet en train de charmer un serpent à lunettes. A propos de lunettes, n'oublie pas les tiennes ; ni ton fil, tes aiguilles, tes ciseaux ; mais comment feras-tu pour tout installer ?

En fin de journée, elle s'apercevait que son fourneau était resté froid, et qu'elle n'avait rien mangé, hors son chagrin. Par devoir, elle y fourrait quelques bûchettes, se préparait une soupe à l'oignon. Quand elle l'avait trempée dans son écuelle, selon l'habitude, elle se rendait compte qu'elle n'avait pas de lait. Ah ! tu aimes pas la soupe noire ! Faudra pourtant bien t'y habituer. Tu crois qu'au *Doux Repos* on te donnera la soupe blanche ? Elle avalait quelques cuillerées, pires qu'une purge ; elle laissait le reste dans le bol.

Avant de se coucher, par une ancienne habitude, elle se préparait une infusion de tilleul. Elle allait chaque été cueillir la fleur dans les arbres bruissants d'abeilles. Et il n'était guère de malaise, guère de chagrin qui résistât en elle à cette tisane du soir. Si bien qu'ensuite elle se glissait entre ses draps, l'estomac et la conscience soulagés.

La nuit, elle demeurait pourtant les yeux ouverts, songeant à toutes les années vécues dans cette maison. Elle en faisait le compte, depuis 1921, depuis le jour où elle avait signé l'acte d'achat à Puy-Guillaume, chez Me Chadeyrat. Que de monde, alors, au Peyroux ! Des vieux, des jeunes, des enfants. Son fils Louis allait à l'école à Paslières et en rapportait des images et des bons points. Puis, avait éclaté une seconde guerre. Et nous l'avions perdue ! Ce qui fait que tous les pauvres soldats de la précédente qui avaient laissé leurs os sur le front étaient morts pour rien. En commençant par Pierre Dutheil, son mari, et Maurice Membrun, son frère. Voilà ce que c'est, d'être mal gouverné. Un jour, comble de l'horreur, un groupe d'Allemands était monté jusqu'au Peyroux. Ils cherchaient, qu'ils disaient, des terroristes. *Terroristen !* Ils n'en avaient pas trouvé. Alors, pour se consoler, ils avaient raflé tous les œufs et tout le beurre du village. Pire encore ! Trois ou quatre s'étaient éparpillés, s'étaient déboutonnés, et avaient pissé contre les maisons. Leur sale pisse de Boches avait ruisselé le long des murs et été bue par la terre ! Voilà une des choses, qui, à l'époque, l'humiliait le plus : l'idée de tous ces ennemis foulant notre pays et pissant dessus à chaque instant. Ensuite, heureusement, on les avait chassés. Toutes les nuits, les avions anglais rasaient les toits pour venir lâcher du matériel sur les maquis des environs. Un jour, les *Terroristen* étaient sortis des bois, et avaient raccompagné les envahisseurs à grands coups de pied dans leurs gros derrières jusque chez eux, où les survivants pourraient pisser tout leur saoul. Son fils Louis était rentré de sa captivité, avec ces mauvaises manières apprises là-bas, ces mots qu'il leur avait empruntés, *doubiste, chaïze, fertiche,* et ainsi de suite. Il avait vécu quelques mois en sa compagnie ; puis, comme si leur séparation n'avait pas été assez longue, il était reparti. Vers la Côte d'Azur. Vers le Carnaval de Nice.

Petit à petit, le Peyroux s'était vidé de ses habitants ; elle restait la dernière ; et voici qu'elle allait partir à son tour, pour obéir à ces gens qui ne voulaient que son bien : le docteur Lenoir, Jolivet, Clémençon, Frompy, et tous les héritiers. Ils n'auraient pas aimé la trouver morte un matin, dans son lit, ou bien par terre, devant la cage des lapins. Ils craignaient les critiques des uns ou des autres : Vous l'avez laissée mourir toute seule, comme un chien ! En Auvergne, le plus grand malheur qui puisse t'arriver est de mourir tout seul, comme un chien. Alors, la famille, les voisins s'arrangent toujours pour te fournir une compagnie, dans tes derniers moments. Quelqu'un qui pourra les raconter : « Elle a fait *hâââ !...* Et puis ç'a été fini. Ou bien : « Elle a dit : *Bouno Viedjo ! Adjudo me !* » En Auvergne, on aime les derniers soupirs édifiants. Alors, elle, on la poussait hors de chez elle : Allez mourir ailleurs, ma pauvre Mathilde ; nous, on est vraiment trop occupés pour s'occuper de vous et de votre cheptel.

Au milieu de la nuit, elle écoutait craquer les jointures de la vieille baraque, pleine de rhumatismes. Quand le vent soufflait, elle chantait pourtant comme un violon.

Le dernier jour du mois, le médecin arrêta sa voiture devant la porte et descendit en courant :

« Soyez prête demain à 2 heures. J'ai demandé à Gardette de venir vous prendre, avec vos bagages. N'en emportez pas trop : juste des vêtements et du linge de corps, comme je vous ai dit. A 2 heures ! »

Puis il l'embrassa : « Au revoir, Mathilde. Portez-vous bien. Et donnez-moi de vos nouvelles de temps en temps.

— Vous... ne m'accompagnerez pas ?

— Non, non. Mais soyez sans crainte : vous êtes attendue ! Vous verrez que vous serez reçue à bras ouverts, je vous ai recommandée. Et s'il y a quelque chose qui ne va pas, vous connaissez mon adresse et mon numéro de téléphone. Au revoir. Que le bon Dieu auquel vous croyez vous conserve longtemps.

— Au revoir. Pareillement. »

Elle se laissa embrasser, étourdie de ce qui lui arrivait. Il entra dans sa voiture, puis démarra brusquement ; les pneus labourèrent le sol de la Rue-qui-Monte. Elle vit son bras à la portière.

Dans ce bizarre sac de voyage qui ne lui avait servi qu'une ou deux fois — il était rond comme un boudin et se fermait par le haut en claquant, à la manière d'un porte-monnaie — elle mit ses mouchoirs, la boîte de ses médicaments, ses pastilles de Vichy, le coffret du *Caïffa,* la boîte de sucre entamée, un paquet de café et un autre de biscuits non ouverts. Tu en feras cadeau à quelqu'un, tu trouveras bien une occasion. La dernière nuit, elle entendit des souris gratter au grenier. Faudra que tu mettes les pièges. Puis il se mit à pleuvoir. La nuit tombait doucement sur la toiture, produisait un gargouillis dans les gouttières ; on aurait dit que la maison s'était mise à pleurer aussi. Elles pleurèrent ensemble jusqu'à l'aube.

Ce furent ses dernières larmes. Au petit jour, elle se leva résolument, balaya toutes les pièces, vida les cendres du fourneau, épousseta les meubles, lava sa toile cirée, astiqua la lampe de cuivre qui, sur le manteau de la cheminée, n'éclairait plus que les soirs de panne électrique. A midi, elle mangea du pain et du fromage qui restaient : l'ultime chèvreton de ses biques. Elle mit le nez dehors : le ciel riait bleu sur la terre encore mouillée. Faut que tu t'en ailles courageusement. Va pas te faire remarquer. Si tu pars, c'est bien que tu l'as voulu, on t'a pas forcée. Le monde a autre chose à faire qu'à consoler une vieille pleurarde.

A l'heure dite, Gardette arriva, dans son taxi. Quand il eut chargé son baluchon et le sac de voyage :

« C'est tout ? qu'il demanda.

— Eh oui. Là où que je vais, on me fournira toutes mes nécessités. Est-ce que vous avez des carottes ? Des choux ? Des salades ?

— Ben, on en a quand on en achète. »

Elle l'emmena vers son jardin :

« Tenez, servez-vous. Autant vaut que vous en profitiez. Prenez ce qui vous fera plaisir.

— Bien vrai ?

— Oui, oui, allez-y ! »

Pendant qu'il se servait, elle fermait soigneusement volets et fenêtres. Voilà. Quelle main les rouvrira maintenant ? Sûrement pas la tienne. Vint le tour de la porte. Mathilde tourna deux fois la clé. Elle se demanda si elle devait la glisser sous la tuile qui, lorsqu'elle s'absentait, lui servait de cachette, ou bien l'emporter. Elle se moquait des neiges et des pluies à venir, des vagabonds, des souris, des araignées, des pies, des hirondelles ; mais — sans employer jamais ce mot — elle croyait aux symboles : le drapeau, la croix, les alliances d'or. En emportant la clé, elle emportait le signe de sa propriété : un jour, peut-être, elle la remettrait à quelqu'un.

Gardette revint avec une brassée de légumes. Elle s'étonna :

« Et le potiron ? Vous laissez le potiron ?

— Ben... chez nous, on aime pas ça. »

Est-ce qu'on pouvait, nom de gueux, abandonner un potiron de cette taille ? Elle retourna au jardin : tu trouveras bien quelqu'un à qui le donner. A-t-on idée de pas aimer la soupe au potiron ? la purée de potiron ? la confiture de potiron ? la tarte au potiron ? Elle revint, essoufflée, clopinante, portant le potiron prisonnier dans un sac de jute qui lui battait les jambes ; ils l'installèrent entre les poireaux et le baluchon.

« Ce que je vous recommande, monsieur Gardette, c'est d'aller doucement, si vous voulez pas que je vomisse tripes et boyaux dans votre automobile.

— Comptez sur moi. »

Elle employait des mots qui depuis longtemps, comme ses robes, n'étaient plus à la mode. Les estropiant un peu quelquefois. Elle disait : une automobile, un aéroplane, une bobinette, de l'eau oxygénée.

Par prudence, elle se mit à sucer une pastille de Vichy. Puis le taxi démarra. Et ils s'en allèrent sans qu'elle tournât la tête.

3

ENTRAYGUES s'appelle ainsi à cause de sa situation presque au confluent de deux rivières, une petite et une pas bien grosse, la Seyche et le Litrou, qui se jette dans l'Allier, qui se jette dans la Loire, qui va porter vers le nord et jusqu'à la mer toute cette eau avec laquelle l'Auvergne s'est lavé les pieds. Entre Seyche et Litrou, les gens de l'endroit cultivent la betterave, le maïs, le blé, les patates. Et aussi l'angélique que la pâtisserie utilise confite. Ils ont des vignes sur les coteaux, des noyers le long de leurs routes et chemins, récoltent les noix que les pies et les promeneurs leur abandonnent.

La blanche bâtisse montrait son nom en écriture fleurie sur une plaque de marbre : *Le Doux Repos*. Gardette sonna à la porte et dit au concierge :

« Je vous amène une nouvelle pensionnaire, qui a retenu sa place.

— Ici, c'est l'entrée d'honneur, expliqua l'autre. Faut passer par-derrière, le portail est ouvert en permanence. Vous traversez la cour, jusqu'au bâtiment en face, où qu'y a écrit *Réception*. Vu ?

— Vu. »

Le garagiste revint à Mathilde :

« On doit faire le tour. Y a un portail ouvert. Ici, c'est l'entrée d'honneur. »

Et elle : « J'ai pas besoin d'honneur. »

Cette cour était en réalité, comme l'avait promis le docteur Lenoir, un jardin, avec des bancs, des bouquets d'arbustes, des pelouses bien tondues entre lesquelles couraient des allées rouges. Le tout encadré par les bâtiments neufs aux innombrables fenêtres, et par les anciens, plus réservés, avec leurs toits de tuiles rondes, surmontés d'une croix. Gardette siffla d'admiration :

« Vous allez mener là-dedans la vie de château ! »

Des vieux, des vieilles, silencieux comme des ombres, erraient à pas traînants sur l'asphalte pourpre ; d'autres étaient répandus sur les bancs, les pieds dans de grosses pantoufles. Tous regardaient la voiture de leurs yeux ronds, sans un sourire, sans un signe, sans un mot.

Il la débarqua devant la *Réception*, elle et sa balle de linge, son sac, son potiron. Mathilde sortit difficilement de la voiture, les entrailles encore remuées par le voyage. Appuyée sur sa canne, elle se dirigea vers la porte vitrée, de cette démarche dandinante qu'elle avait prise depuis quelques années. Elle frappa au carreau, se tint respectueusement devant la porte, attendant que l'on criât : « Entrez ! ». Comme rien ne venait, elle frappa un peu plus fort. Gardette, en sentinelle près des bagages, la surveillait de loin.

« Ça répond pas ! qu'elle expliqua.

— Peut-être qu'on vous entend pas. Essayez d'ouvrir. »

Elle tourna la poignée, passa la tête, appela : « Y a quelqu'un ?... Y a-t-il quelqu'un ? »

Non, il n'y avait personne. Etrange bureau de réception, où l'on ne recevait pas. Ils vont sûrement revenir. Entre quand même. Tu vas pas rester là cent sept ans. Faudra bien que quelqu'un s'occupe de toi. Une chaise du moins l'attendait devant un comptoir vide, pareil à celui de la Poste ou de la Caisse d'Epargne. Elle s'y installa, arrangeant ses cotillons autour d'elle. Elle fit bien : au bout d'un moment, une porte s'ouvrit derrière le comptoir, laissa paraître une jeune fille en blouse blanche.

« Bonjour, ma mignonne, dit Mathilde, qui était rusée comme un marchand de toile et connaissait les mots qui attrapent les gens. Je viens sur le conseil du docteur Lenoir, de Puy-Guillaume. Il m'a retenu une place dans votre hôtel.

— Bonjour, madame. Vous vous appelez ?

— Veuve Dutheil, Mathilde, née Membrun. »

La mignonne chercha dans ses papiers, dit : « En effet, on va vous conduire », appela dans son téléphone une certaine Françoise, « Voulez-vous venir s'il vous plaît », puis précisa :

« On vous a mise dans une chambre à deux lits, à Saint-Paul. Ça vous va ?

— Ça m'ira sûrement. »

Arrive Françoise, une grande femme, jeune encore, rieuse, musclée, avec de beaux estomacs, comme disait Vatelequerre, c'est-à-dire le corsage bien meublé. (Il chantait une étrange chanson franco-auvergnate :

On l'appelait Javotte,
La youchka !
C'était une boulotte,
La youchka !
Qu'avait des echtomacs,
Youchka de la digue digon gouya,
d' la machtanguouine tanga youchka !)

Françoise commence par embrasser Mathilde sur les deux joues, et annonce :

« Je vous emmène à Saint-Paul.

— Oh ! moi ! Saint Paul ou saint Pierre ! »

Au passage, Gardette s'accroche au convoi et suit, la marchandise dans les bras.

« Qu'est-ce que c'est que ça ? » demande Françoise, désignant le potiron.

Et Mathilde, lui parlant quasiment à l'oreille :

« Une coucourle de mon jardin. Elle allait se perdre. Je vous en fais cadeau, si elle vous plaît.

— Cadeau ?

— Oui, ma mignonne. Parce que je suis sûre que vous serez gentille pour moi. Ça se voit sur votre figure.

— C'est-à-dire... que je prends mes repas ici. Mais, si vous voulez, je la donnerai à ma mère. Je sais qu'elle aime la coucourle.

— Naturellement, que je veux ! »

Françoise prend le potiron, le dépose dans un coin et dit :

« En vous remerciant. »

Ils se dirigent vers une aile ancienne. Les voici chez saint Paul. Trois marches à monter. Un couloir qui sent l'urine : à gauche, la porte des lavabos-cabinets est plus qu'entrouverte : on voit une vieille en train de se recotillonner. Françoise tire le battant sans rien dire. Sur les côtés, à trois endroits, des rideaux verts. Elle écarte celui du fond, à droite :

« Voici votre chambre... madame Sauvagnat, je vous amène de la compagnie. »

Mathilde suit, se dandinant comme une cane ; puis Gardette et le matériel. Quand tout est entré, les gens et les choses, on ne sait plus comment se tourner, la chambre déborde. Le mobilier comprend deux lits, deux chaises, une armoire, deux tables de nuit et un crucifix en bois blanc. Mme Sauvagnat est une femme mince, assez distinguée, le visage marqué de rides profondes. Elle se tient au garde-à-vous, à la tête de son lit, les pieds à l'équerre, couronnée de cheveux étrangement noirs qui la font paraître moins vieille, assurément, que son âge.

« Eh ! bien ! ma pauvre ! dit Mathilde. Nous voilà comme qui dirait mariées ensemble ! »

Elle tend la main ; mais l'autre ne lui rend pas la politesse et demeure raide dans son coin. En voilà une méprisante ! En voilà une manière de recevoir le monde ! Quelqu'un qui doit partager votre chambre jour et nuit ! Mais Françoise explique :

« Excusez madame Sauvagnat. Elle est aveugle.

— Aveugle ? Oh ! ma pauvre ! Une bien triste infirmité ! Pourtant, on le dirait pas : vous avez les yeux tout à fait comme tout le monde !

— C'est le glaucome, dit la vieille aux cheveux noirs.

— Ah ! le glaucome !

— Je me débrouille très bien ! Pour me diriger, je n'ai besoin de personne, sauf s'il faut aller loin, ce qui n'arrive pas souvent ! »

Gardette dépose la valise sur le plancher, le ballot sur le lit, reçoit le montant de sa course et s'en va, laissant une carte avec son numéro de téléphone, pour le cas où... L'armoire étant commune aux deux pensionnaires, chacune dispose d'une moitié et d'un battant. Françoise recommande à sa nouvelle cliente d'y installer ses affaires, sans se presser ; elle reviendra un peu plus tard la débarrasser de la valise vide, qui sera entreposée dans un local spécial avec quelques centaines d'autres.

« La soupe est à 5 heures. Madame Sauvagnat vous conduira jusqu'au réfectoire. »

Puis elle leur sourit à toutes deux, fait un signe de la main et s'en va aussi, en récupérant au passage la coucourle qu'elle presse contre ses estomacs.

La première chose que Mathilde sort de son sac est la petite photo du pauvre Pierre, son jeune mari, tombé à la bataille de la Marne, en septembre 14. Coincée entre deux feuilles de verre, debout sur son pied de métal, elle le représente en tenue de chauffeur, au service du baron de Barante, sa casquette blanche sur les genoux. Depuis près de soixante ans qu'ils ne sont plus ensemble, Mathilde ne s'est pas couchée un soir sans lui adresser un regard et une pensée. Elle le place sur sa table de nuit. La fenêtre de la chambre l'éclaire bien. Ah ! mon cher ami ! Toi, tu ne vieillis point ! Regarde ce que ta femme est devenue ! Ses mains, sa figure, ses jambes, toute sa personne dont le peilleraud ne donnerait pas trois sous en comptant ses doublures ! Elle appelle « doublures » les cotillons, camisoles, robes, tricots dont elle recouvre ses infirmités. Quand elle se déshabille, elle est pareille à ces clowns de cirque qui s'enlèvent un pantalon, puis un second, puis un troisième et en ont toujours un autre en dessous.

Ensuite, elle dispose son linge dans sa moitié d'armoire, qu'elle remplit bien. Les objets précieux, médicaments, cartes postales, papiers, carnets, s'entassent dans la table de nuit. En même temps que ses mains, sa langue travaille ; elle répond aux questions de la voisine, explique qui elle est, comment elle s'appelle, d'où elle vient, pourquoi elle va résider ici. A chaque instant, l'autre, qui a l'air d'écouter, mais qui n'écoute rien du tout, interrompt ses confidences pour placer les siennes :

« Nous étions mariés depuis à peine dix-huit mois, ma pauvre, quand la guerre me l'a pris et me l'a tué...

— C'est comme moi. Je suis veuve aussi. Mon homme touchait sa retraite de cantonnier. Nous n'étions pas malheureux. Il est mort y a cinq ans. J'ai deux fils et une fille. Tous bien placés.

— Moi, j'en ai qu'un. Il a une bonne situation aussi, sur la Côte d'Azur, dans le commerce.

— C'est comme moi. Antoine est comptable principal aux chemins de fer, à la gare de Clermont.

— Qui est Antoine ?

— Mon fils aîné. Marie-Louise, elle, est coiffeuse rue des Salins.

— C'est votre fille ?

— Non. Ma première gendresse. Ma fille travaille dans l'enregistrement. La plus heureuse du lot ! Voyez-vous, fonctionnaire, c'est la meilleure des situations. Comme je disais à Gaston...

— C'est votre gendre ?

— Non. Mon second fils. Lui, il aimait l'aventure, comme il disait. Alors, devinez ce qu'il fait !... Vous le devineriez jamais ! Marin !

— Marin... sur l'eau ?

— Sur la mer !

— Oh ! ma pauvre ! Rien qu'en traversant l'Allier tout à l'heure, sur le pont de Limons, ça m'a donné envie de rendre. Si fallait que j'aille sur la mer ! Nos maîtres avaient une résidence à Nice. Et la baronne me disait : « Mathilde, l'été prochain, nous partirons là-bas et vous verrez la mer. » Seulement, l'été d'après, mobilisation ! Et la mer, je l'ai jamais vue. Et je m'en passe bien, ma foi !

— C'est comme moi, en 14... »

Leurs récits se croisent et s'entrecroisent, comme dans un bois font les plantes, cherchant à s'étouffer l'une l'autre. Les deux vieilles tâtonnent dans cet enchevêtrement. Chacune apprend pourtant, malgré elle, quelque chose de sa compagne. A la fin, Mathilde s'adresse mentalement — elle n'ose pas ici se parler à voix haute — une sévère réprimande. Arrête un peu, blagande ! Gardes-en pour les autres jours ! Tu en as plus débité aujourd'hui qu'en trois mois au Peyroux ! La langue va te peler, si tu continues !

Mais voici que d'autres voix prennent le relais. Les voisines. Levant les yeux, Mathilde s'aperçoit que deux murs sur quatre ne montent pas jusqu'au plafond. Ce sont des demi-cloisons ; elles se contentent d'isoler pour l'œil, non pour l'oreille, avec le complément du rideau vert, en guise de porte. Saint Paul ne les gâte pas trop : il leur offre un ancien dortoir partagé en quarts par ces galandages : trois chambres, plus les lavabos-cabinets. A deux pensionnaires par pièce, elles sont six à respirer le même air, à s'entendre raconter leurs histoires ou échanger des aigreurs.

« Ils ont pas laissé refroidir le lit ! fait une voix grave et trombonnante, presque une voix d'homme. Je crois bien qu'il y a une nouvelle.

— Qu'est-ce que vous dites ?

— Je dis qu'il est arrivé une nouvelle, à côté.

— Ah bon. Vous avez l'oreille fine. Moi, j'ai rien entendu.

— Bientôt, ça sera notre tour de déménager. De partir pour la casse.

— Qu'est-ce que vous dites ?

— Je dis qu'on est toutes bonnes pour la casse, comme les vieilles bagnoles.

— Ah oui ?

— Faut dire qu'on est des modèles anciens. Quel âge vous avez ?

— Qu'est-ce que vous dites ?

— Je vous demande votre âge, vieille sourdignole !

— Mon âge ?

— Oui, votre âge.

— Oh ! je me rappelle plus. Au bureau, ils le

savent. Demandez-leur. C'est écrit dans les papiers. »

Mathilde écoute malgré elle cet autre dialogue. C'est donc ça, la chambre à deux places, tranquille et tout, avec juste ce qu'il faut de compagnie pour ne pas s'ennuyer ? Mme Sauvagnat cependant n'en a pas l'air incommodée.

« Qu'est-ce que c'est donc, questionne Mathilde, baissant la voix, cette histoire de lit refroidi ?

— Ah ! vous avez entendu aussi ?... Faudra vous habituer. Moi, quand je veux me sentir seule, je me fourre du coton dans les oreilles.

— Le lit dont elle parle, c'est le mien, pas vrai ?

— Sûr. Mais il est bien froid quand même, soyez tranquille.

— Qu'est-ce que ça veut dire ?

— Celle qui l'occupait avant vous est défuntée y a trois jours.

— Défuntée ?... Dedans ?

— Oh ! elle a fait une fin bien propre. Un matin, on l'a trouvée comme ça, la bouche ouverte, elle avait passé pendant la nuit. On l'a emportée, on a secoué le matelas, changé les draps et les couvertures. Pour l'hygiène, ici, ils ne craignent personne. »

Avec frayeur, Mathilde regarde ce meuble dans lequel elle devra dormir à son tour. Et mourir à son tour. Car on a beau dire « une défuntée », ça n'est rien d'autre qu'une morte.

« Elle a eu de la chance, la Pitelet, reprend à côté la voix trombonnante.

— De qui que vous causez ?

— De la Pitelet. De celle qui était là avant.

— La Sauvagnat ?

— Non. L'autre. La Sauvagnat est pas morte encore. Je parle de la Pitelet.

— Ah ! bon.

— C'est une grande chance de mourir en dormant. On s'aperçoit de rien, on passe comme une lettre à la poste.

— Qu'est-ce que vous dites ?

— Je voudrais bien qu'il m'arrive la pareille.

— Hé ! On peut pas tout avoir !

— Tout avoir ? Qu'est-ce que vous racontez, vieille sourdignole ? »

Françoise revient, la fille aux beaux estomacs. Mathilde est soudain heureuse de voir une figure jeune et fraîche, avec des dents blanches qui brillent au milieu :

« Madame Dutheil, quand vous aurez un moment, vous passerez au bureau pour les formalités.

— Tout de suite, si vous voulez, fait Mathilde en se levant.

— Eh bien ! Je vous accompagne. Prenez vos papiers, vos titres de pension, vos livrets. »

Elles quittent Saint-Paul. Comme l'air sent bon dehors, nom de gueux, tandis qu'elles suivent à petits pas une allée rouge ! Mathilde s'excuse de marcher si lentement, Françoise répond qu'elle n'est pas pressée. Elle explique en même temps la disposition des lieux : à droite, l'administration, la bibliothèque, le salon d'honneur, la chapelle ; à gauche, le bâtiment des hommes.

« La chapelle ? On y dit la messe ?

— Bien sûr. Tous les dimanches.

— Oh ! je suis contente ! Au Peyroux, je

pouvais plus aller à l'église, vu la distance. Ici, je n'y manquerai pas. Faut pas m'en vouloir, je suis dévote ; c'est sans doute pas vos idées ?

— Oh ! je n'ai pas beaucoup d'idées ! »

Elle secoue la tête en riant. Elle a beaucoup de cheveux, beaucoup de dents, mais pas beaucoup d'idées. On peut pas tout avoir, comme dit la sourdignole.

Les personnes du *Secrétariat* aussi reçoivent Mathilde avec beaucoup de grâces. Elles examinent ses papiers, remplissent des fiches, lui demandent l'adresse de quelqu'un à prévenir en cas de difficultés.

« De difficultés ?

— Oui, si vous étiez malade, par exemple.

— Ah ! là là ! Je me demande bien qui ça pourrait intéresser !

— Alors, on n'inscrit personne ?

— Attendez, si... Heu... Qui donc qu'on pourrait mettre ?... Inscrivez ma belle-sœur, Mme veuve Membrun, Joséphine, Les Etivaux, par Randan. »

Les secrétaires lui font signer plusieurs feuilles. Une destinée au percepteur d'Entraygues. Ainsi, c'est lui dorénavant qui touchera directement les deux pensions et acquittera le montant du doux repos ; les miettes restantes, il les tiendra à sa disposition. On cherche vraiment à la débarrasser de tous soucis.

.

Le repas du soir est à 5 heures. Mathilde arrive au réfectoire avec dix minutes d'avance ; pourtant, elle constate qu'elle est bonne dernière : toutes les autres occupent déjà leur place. Cent cinquante têtes se trouvent là, pressées les unes contre les autres : décrépites, chauves, borgnes, édentées, échevelées, boursouflées, larmoyantes, grelottantes, baveuses, pustuleuses. Un immense jeu de massacre. Mon Dieu ! Suis-je comme ça, également ? Aussi rouge que celle-ci ? Aussi plissée que celle-là ? Dans son miroir, on triche : on se tire les cheveux en arrière, on lève le menton pour que le cou paraisse plus lisse, on se fait des coquetteries. Mais voici réellement à quoi tu ressembles ! Et une des plus vieilles, encore ! Quelques-unes, cependant, ne sont pas désagréables à regarder, parmi lesquelles Mme Sauvagnat, avec ses cheveux curieusement noirs. Une autre, le front large, la bouche passée au rouge, un collier de perles sombres, pareilles à des grains de chapelet. Les tables sont pour dix, couvertes d'un formica blanc qui donne l'illusion d'une nappe.

Françoise est là — Françoise est partout ! — avec deux de ses collègues. Elle s'avance vers Mathilde, sourit, la prend par le bras qui ne tient pas la canne :

« Je vous ai réservé une place. »

Elle la précède, comme l'institutrice conduisant à son banc une nouvelle écolière, la fourre parmi neuf autres vieilles :

« Je vous présente Madame Dutheil, qui nous vient du Peyroux, près de Puy-Guillaume.

— Non, non. Appelez-moi Mathilde. Je suis pas madame ! »

Les neuf la regardent sans rien dire. Elle s'assoit sur la chaise de fer. Elle attend qu'on lui adresse quelques paroles. Personne ne desserre les dents. Pourtant, alentour, des voix bourdonnent ; elle distingue des mots qui passent : ... je me plaindrai au directeur... l'infirmière lui a fait une piqûre... j'ai pas fermé l'œil de la nuit... ah ! la salope !... des tombolas... donnerai mon fromage... pas besoin de ses services... A sa table à elle, silence complet. Sans doute qu'en s'asseyant, elle leur a gelé la langue. Finalement, sa voisine de gauche se penche vers elle. Son visage est plus poilu que celui d'un chien ; sa bouche souffle une affreuse odeur d'entrailles :

« Vous auriez pas un peu de sucre ?

— De sucre ?

— Oui. Un ou deux morceaux. La nuit, j'ai des douleurs d'estomac ; alors, je me fais un peu d'eau sucrée, dans un verre. Y a que ça qui me calme. Seulement, j'ai pas un sou pour en acheter. Alors, si vous pouviez me faire cette charité.

— Ma foi ! j'en ai pas sur moi. Dans ma chambre, j'ai une boîte de pastilles de Vichy. Je pourrai vous en donner quelques-unes, si ça vous fait plaisir.

— C'est pas de refus. Mais ça fait moins d'effet que le sucre.

— Quand j'aurai l'occasion de sortir, j'en achèterai une boîte, et je...

— L'écoutez pas ! intervient âprement la voisine de droite, à qui l'on ne demandait rien. L'écoutez pas ! Elle en mendie à tout le monde ! C'est une gourmandasse ! Et avec ça, même pas française ! Une Italienne ! Faut que notre gouvernement la loge et la nourrisse !... »

Et les voilà qui s'injurient par-dessus la tête de la nouvelle, se traitent de *macaroni* et de *bougnate*, de ceci et de cela, et s'arracheraient la figure si Mathilde ne les écartait des coudes, disant :

« Arrêtez donc ! Mais arrêtez donc votre catéchisme !... Vous m'essourdez ! »

Heureusement, la soupe vient interrompre la chicane. Une soupière en métal est placée à une extrémité de chaque table ; les pensionnaires se servent, à tour de rôle, de leurs mains tremblantes ; et celles qui tremblent trop se font aider par les plus fermes. Alors toutes se mettent à souffler sur les cuillers, à laper le bouillon avec de grands bruits de babines. Les conversations se sont tues ; on n'entend plus que ce gargouillis, et le tintement des cuillers au fond des assiettes.

Vient ensuite un plat de légumes bouillis, carottes, pommes de terre et navets, sans assaisonnement. Celles qui n'ont plus leurs dents les écrasent de la fourchette. Au milieu du repas, soudain paraît un homme vêtu de gris, la figure ronde et rose, portant lunettes ; il lance :

« Bon appétit, Mesdames ! »

Mathilde le regarde un moment aller et venir, se pencher vers certaines, leur chuchoter à l'oreille. Elle interroge une de ses commensales :

« Qui est-ce ?

— Notre aumônier. Enfin, le curé d'Entraygues, qui vient prêcher ici pour celles que ça intéresse. »

Elle hausse les épaules d'un air sceptique. Mathilde n'approuve pas cette manière qu'ont les curés d'à présent de s'habiller en civil ; tu dirais qu'ils ont honte d'eux-mêmes, qu'ils se déguisent pour ne pas être reconnus. Enfin, c'est comme ça, le monde d'aujourd'hui, avec toutes ses révolutions : les écoliers qui mettent le feu à leurs écoles, les ganguesters qui attaquent les gens dans la rue, les poulets qu'on engraisse avec des piqûres, la bombe atomique, les soldats qui veulent plus obéir et réclament d'être payés comme des travailleurs pour jouer à la belote ! Le pauvre Pierre et son frère Maurice touchaient cinq sous par jour, et ils ont donné leur peau à ce prix-là, avec combien d'autres ! Elle soupire à l'idée de tant de folies.

On en vient au dessert : une banane. Les édentées la découpent en rondelles. Alors, l'homme en gris prend la parole :

« Je vous rappelle, Mesdames, que nous nous réunissons deux fois par semaine, le mardi et le vendredi, de 6 à 7, à la chapelle. Nous y parlons de la vie chrétienne, et nous implorons la protection du Seigneur par une prière en commun. Je donne donc rendez-vous dans un quart d'heure à celles qui me feront l'amitié de venir, particulièrement aux nouvelles arrivées, à qui nous souhaiterons ensemble la bienvenue. A tout de suite ! »

Le repas est terminé. Les filles de salle commencent à débarrasser les tables, tandis que les vieilles les plus lentes mâchouillent encore leurs carottes. Emportez votre banane. Vous la mangerez dehors ou dans votre chambre tranquillement. Mais jetez bien la peau dans les boîtes à ordures. La pendule marque 6 heures moins le quart. A cette heure-ci, au Peyroux, tu rentrais à peine des pâtis, en compagnie de tes chèvres. Tu avais encore à les traire, à t'occuper des lapins et de la volaille, à cailler le lait, à allumer ton fourneau, éplucher tes légumes, préparer ta soupe, laver tes étartuelles, faire ta tournée des fantômes dans le village. A 9 heures seulement, tu allais faire téter les puces de ton lit. Tandis qu'ici, il est pas encore 6 heures, et voilà que ta journée est déjà finie !

Elle regarde ce que font les autres. Quelques-unes, les plus alertes, se risquent hors des murs, pour une petite promenade ; elles se donnent le bras deux à deux, afin de se soutenir mutuellement et peut-être de ne pas se perdre. D'autres traînent la savate dans le jardin, puis se laissent choir sur les bancs, essoufflées. D'autres encore le traversent d'un pas plus décidé :

« Où que vous allez ? s'informe Mathilde. A la chapelle ?

— Non. Au salon d'honneur, regarder la télévision. On vous emmène.

— Moi, je voudrais aller à la chapelle.

— C'est du même côté, on vous montrera. »

Les hommes sortent de leur réfectoire. Ils portent des casquettes trop grandes, des pantalons trop longs et trop larges, dans lesquels ils marchent les genoux mi-fléchis. On a l'impression que si ces culottes ne les soutenaient pas un peu, ils s'écrouleraient. Aux pieds, d'impressionnantes pantoufles. Tous les pensionnaires ici sont en pantoufles. Cela fait partie du doux repos. Un univers en pantoufles. C'est la seule chaussure que puissent traîner encore ces pieds martyrisés. Voilà pourquoi ils ne font pas plus de bruit, en se déplaçant sur l'asphalte rouge, que les âmes du Purgatoire.

« La chapelle, c'est là-bas, cette porte. »

Une porte grande ouverte. Mathilde s'y dirige, avec quelques autres. Voilà une bonne manière de finir ta journée. Drôle de local ! Il ressemble autant à une chapelle que toi à un évêque. Une pièce carrée, des fenêtres ordinaires, une simple ampoule électrique au plafond. Sûrement qu'on la destinait à autre chose. Peut-être à des bureaux, une infirmerie, un réfectoire. Des chaises éparpillées çà et là. On a quand même installé au milieu un petit autel cubique : tu dirais une caisse d'emballage recouverte d'une nappe, surmontée d'un crucifix. Toujours dans son costume gris, l'aumônier bavarde avec les paroissiennes assises en désordre ; il serre les mains ; il sourit ; il dit bonsoir madame Untel, comment va votre jambe ? Peut-être qu'il va nous offrir le café ou la goutte. Drôle de chapelle et drôle de curé ! Et toi, nom de gueux, qui as oublié ton chapelet à Saint-Paul, dans ton placard !

Les choses continuent longtemps ainsi. Des cancans. Nous avons un bel automne, vraiment. Le froid vient toujours assez tôt. Le vin sera bon cette année. Vous portez une bien jolie broche. Et patati, et patata. Est-ce qu'on est ici pour entendre ces sornettes ? Attend-il davantage de clients ? Plus personne ne viendra ; il peut fermer ses portes. Il raconte des histoires amusantes, mais qui ne font rire que lui, vu que tous ces vieux sont à demi sourds et aux trois quarts idiots. En fait de vieux : il y en a un seul. Tout le reste, c'est des vieilles. Celui-là, isolé parmi le beau sexe, branle la tête continuellement, de droite à gauche, comme s'il n'était pas d'accord. D'accord sur rien : non, non, non, non, non, non... Il la branle même quand personne ne parle. Sa bouche toujours ouverte laisse descendre un fil de bave qui dessine des S mobiles et brillants, sous l'effet du branlement perpétuel. Mathilde aime les beaux sermons qui lui font oublier les misères terrestres, la rendent indulgente aux erreurs d'autrui et plus dure envers les siennes, l'aident à croire à la vie éternelle. Elle a tellement peur que rien n'existe après le dernier instant, comme le lui affirmait ce bougre de docteur Lenoir chaque fois qu'ils abordaient le sujet ! Tellement peur que Dieu, diable, paradis, enfer ne soient rien que des inventions, au même titre que le Père Noël, la poule grise, le Bois enchanté ! « Tout va bien pour vous ! Pas de problèmes, puisque vous êtes une croyante ! » disait Lenoir, se moquant d'elle. Oh ! que non ! Elle n'est point une croyante ! Seulement une espérante.

Quand ce binoclard d'abbé en a son plein de parler du temps et des biscuits à la cuiller, il déclare :

« Mes frères, mes sœurs, avant de nous séparer, si vous voulez bien nous allons réciter ensemble une petite prière pour remercier le Seigneur des grâces qu'il nous accorde — à chacun la sienne, je suis sûr qu'aucun de nous n'en a manqué aujourd'hui — et lui demander de pardonner nos péchés : je suis sûr qu'aujourd'hui aucun de nous n'en a manqué non plus. »

Là-dessus il commence : *Notre Père qui es aux Cieux, que ton nom soit sanctifié, que ton règne vienne, que ta volonté soit faite*... Encore une chose qui exaspère Mathilde : les habitudes nouvelles, cette façon de tutoyer Dieu comme si l'on parlait à un enfant, à un jeune voisin, à un chat. Elle disait *vous* à son père et à sa mère, de leur vivant ; et voici qu'il lui faudrait dire *tu* au Père de tous ! Alors elle laisse dire les autres comme ils l'entendent, et récite ses prières à l'ancienne.

L'abbé se tient debout. Quelques paroissiennes l'ont imité ; mais la plupart sont restées tranquillement assises. Vous vous croyez peut-être au cinéma ? Vous pourriez quand même faire un effort, bande de limaces ! Est-ce qu'on parle au bon Dieu dans cette position ? Y en a même deux qui se sont endormies ! Faut que ce soit moi, la plus vieille de toutes, qui vous donne l'exemple !

Au moment où l'aumônier reprend son souffle avant de passer à l'oraison suivante, voici que du fond de la salle, près de la porte, arrive un craquement. Suivi de trois autres, plus petits. Mathilde se demande ce que cela signifie ; puis, lorsqu'elle entend rigoler derrière elle, elle comprend. En voici une autre ! Est-il possible de lâcher des choses pareilles dans une chapelle ! Le curé, lui, fait mine d'être sourd et continue la récitation : *Je crois en Dieu, le Père Tout-puissant...*

Elle retourne vers Saint-Paul. La nuit est venue. Elle lève les yeux pour compter les étoiles qui, à cette heure-ci, brillent aussi sur le Peyroux abandonné, sur les cheminées éteintes, les volets clos, les trois rues vides. Puis elle brandit son bâton pour écarter ce souci qui frelonne autour d'elle.

Elle aimerait bien, comme au Peyroux, trouver quelque part, en un coin chaud, sa casserolette de tilleul. La découvrir, verser l'infusion bouillante dans une tasse, la humer, la sucrer, la boire lentement. Sentir sa chaleur lui remplir l'estomac d'une douce distillation. Mais personne ne lui en a offert et elle n'ose demander. Ne va pas déranger le monde. Tant pis pour ta gourmandise.

Elle trouve sa compagne de chambre assise, l'oreille collée à une boîte parlante :

« J'écoutais les nouvelles dans mon transistor. C'est un cadeau de ma fille, celle de l'Enregistrement.

— Et elles sont bonnes, les nouvelles ?

— Oh ! ma pauvre ! Je les écoute, comme ça, pour me distraire ; mais j'y prête pas grande attention. Ça entre par une oreille, ça sort par l'autre. Il m'a semblé qu'ils disaient qu'on va avoir de nouvelles élections. A moins que ce soit chez les Anglais ; je ne me rappelle plus.

— Eh ! bien ! moi, je suis allée à la chapelle...

— C'est comme moi. Le dimanche, je suis la messe dans le transistor, quelquefois.

— Dans cette boîte ?

— Oui. Sans avoir besoin de me déplacer. A quoi ça servirait que je me déplace, puisque je peux rien voir ? Je n'en profiterais pas davantage.

— C'est un beau cadeau qu'elle vous a fait, votre fille.

— Oh ! je ne me plains pas de mes enfants. Ils ne viennent pas souvent me voir ; mais ils ne me laissent manquer de rien. L'aîné est comptable principal aux chemins de fer.

— Vous me l'avez dit.

— Pour l'instant, il ne peut pas me prendre

chez lui. Vous comprenez : ils travaillent tous les deux, lui et sa femme. Ils ont bien trop à faire. Seulement, il m'a dit : « Aussitôt que j'aurai pris ma retraite, je viens te chercher, et tu vivras avec nous. » Et il compte la prendre dans six mois, à cinquante-cinq ans. Alors, vous voyez, je ne vous embêterai pas longtemps. Quant à la pauvre Agnès...

— Qui c'est, la pauvre Agnès? L'enregistreuse ?

— Qu'est-ce que vous appelez une enregistreuse ?

— Vous m'avez bien dit que vous avez une fille qui enregistre ?

— Oui, Agnès. Elle a deux ans de moins qu'Antoine. Elle est en poste à l'Enregistrement de Moulins, dans l'Allier. Avec trois enfants. Et des rhumatismes. Alors, comment voulez-vous qu'elle s'échappe, la pauvre ? Elle voudrait bien venir me voir ; mais elle ne peut pas. Je la comprends et je l'excuse. Seulement, elle ne m'oublie pas quand même : elle m'écrit, elle m'envoie des cadeaux. La preuve ! »

Elle brandit le transistor irréfutable. Elle parle ensuite de son second fils, le marin, qui lui expédie des cartes postales de tous les coins du monde.

Tout à coup, elle pose une question inattendue :

« J'espère que vous n'allez pas venir me tirer les cheveux pendant que je dormirai ? »

Mathilde en est si surprise qu'elle ne sait que répondre. L'autre s'explique :

« Mes cheveux, vous les avez remarqués ?

— Qu'est-ce qu'ils ont, vos cheveux ?

— Ils sont noirs. On me l'a assez dit.

— Ils sont noirs, c'est vrai. Et alors ?

— Ça vous paraît normal que j'aie des cheveux noirs comme ça, à soixante-quinze ans ? Pas un cheveu blanc !

— Pas un cheveu blanc, vous exagérez. Il me semble que j'en vois tout de même quelques-uns. Peut-être que vous vous passez de la teinture ?

— Ah ! vous aussi ! Vous aussi vous croyez que ça n'est pas mes cheveux naturels !

— Qu'est-ce que j'en sais, moi ? Je crois ce que vous me dites !

— Pourtant, je n'y fais rien du tout, vous savez ! Ce sont mes vrais cheveux. Je vous le jure !

— J'en suis bien contente pour vous. Et après ?

— Celle qui était là avant vous, Mme Pitelet, n'arrivait pas à le croire non plus. Elle disait que je portais une fausse perruque.

— Quelle idée ! A votre âge !

— N'est-ce pas ?... Alors, la nuit, quelquefois, elle se levait. Elle venait me tirer les cheveux pour voir s'ils tenaient sur ma tête. Si vous voulez vous rendre compte, j'aime mieux que vous le fassiez avant que je dorme. Je vous donne la permission.

— Avec moi, vous pouvez dormir tranquille, ma pauvre. Que vous portiez vos cheveux naturels ou une fausse perruque, que vous y passiez de la teinture ou non, je m'en fous comme de l'arcaran. Je peux pas mieux dire ?

— Vous ne voulez pas essayer un petit coup ? Juste pour voir ?

— Bonne nuit. Je suis fatiguée, je me couche.

— Comme vous voudrez. »

Mme Sauvagnat semble vexée d'un tel manque d'intérêt. Sa voisine commence de se déshabiller, en lui jetant des regards gênés. Une chance qu'elle soit aveugle ! Qu'elle puisse pas examiner tes doublures ! Toi qui couches seule depuis soixante ans, à quatre-vingts passés, voilà que tu te mets à dormir de compagnie ! Elle dénoue ses jarretières, fait tomber ses gros bas de laine, regarde avec consternation ses jambes blanches et épaisses, enferme ses cheveux sous une coiffe de nuit dont elle se noue les liens sous le menton, se glisse laborieusement entre les draps. Nom de gueux, tu as oublié d'éteindre ! Elle se relève, tourne le bouton.

« Qu'est-ce qui se passe ? glapit Mme Sauvagnat. Qui c'est qui a éteint ?

— Moi. Je croyais que vous n'y voyiez pas ?

— Je ne vois ni les formes ni les couleurs ; mais je vois la lumière. C'est la seule chose que je voie encore. Laissez allumé ! Je ne me couche pas tout de suite, moi !

— Comme vous voudrez. Alors, vous éteindrez vous-même, quand vous serez disposée.

— Parfaitement !

— Et je vous préviens que je ronfle pire qu'une batteuse ! Vous feriez bien de vous mettre vos tampons dans les oreilles ! »

Elle regagne son lit, contrariée. Pour échapper à la lumière, elle s'enfonce sous les couvertures, tire sa coiffe sur ses yeux. Ça ne l'empêche pas d'entendre les grommellements de l'aveugle : Pour qui qu'elle se prend, celle-là ? Jamais vu ça. Comme si tout lui appartenait ! Me plaindrai à la direction. Elle est jalouse, voilà, jalouse, je l'ai compris tout de suite. Heureusement que je n'aurai pas longtemps à la supporter : dans six mois, au revoir !... Enfonce-toi, Mathilde. Ecoute pas cette blagande. De quoi peux-tu bien être jalouse ? Enfonce-toi, je te dis. Cherche le sommeil, Mathilde. Cherche le doux repos.

4

ELLE se réveilla au milieu de la nuit parce que son lit tremblait. Des ombres et des lumières blanches tourbillonnaient au plafond. Tu ouvres les yeux, qu'elle se dit, mais en fait tu dors encore. Tu es en plein cauchemar, ma pauvre. Tu te trouves au fond d'un puits, et tu regardes en haut, vers le jour, si personne vient te chercher. Mais qu'est-ce qui gronde comme ça ?... Ah ! mais non ! Ah ! mais non ! Entraygues ! L'hospice ! S'agit bien de rêve ! Et de puits ! Et ce qui fait trembler ton lit, c'est les ronflements des voisines ! Toi qui te prenais pour une maîtresse-ronfleuse !

Ils montaient des chambres contiguës, passaient par-dessus les demi-cloisons, se croisaient sur sa tête comme des tirs de barrage antagonistes. Ronflements rauques, profonds, qui semblaient jaillir du ventre des dormeuses, entrecoupés de hoquets et de gémissements. Elle écouta leurs modulations différentes pour essayer de les compter, et en trouva quatre. Elle se connaissait : chez elle, le sommeil interrompu ne se recollait pas ; elle ne se rendormirait point. Quelle heure pouvait-il bien être ? Sans ces diaboliques ronflements, elle aurait sans doute pu entendre dehors sonner quelque clocher. Impossible. Elle se trouvait condamnée à la patience. De temps en temps, elle la perdait pourtant, et commandait tout haut :

« Arrêtez donc votre musique, nom de gueux ! »

Cela n'avait aucun effet. Sans plus de résultat, elle tapait du poing contre le galandage, derrière sa tête. Elle se rappela qu'elle aussi était capable de bien tenir sa partie dans ce concert ; les autres auraient pu se trouver à sa place, elle à la leur ; elle finit par accepter la situation et attendit le jour.

Levée la première, elle se dirigea vers le réduit pour se débarbouiller. Un seul robinet, sur une seule cuvette, devait suffire à six personnes. Mieux valait s'en servir de bonne heure pour éviter les chicanes. En revanche, elles disposaient de deux cabinets à siège ; certaines s'y oubliaient si longtemps, qu'il fallait les rappeler à l'ordre. A son retour, elle constata que l'aveugle était également réveillée et qu'elle aussi, assise sur son lit, procédait à sa toilette. C'est-à-dire qu'elle se frottait légèrement le museau et les oreilles avec un coin de serviette mouillé d'eau de Cologne : le parfum dissimulait la fétidité de la chambre. Une toilette royale, comme elle expliqua :

« Moi, je ne me sers jamais du lavabo, sauf pour les mains. J'ai toujours craint l'eau sur le corps, même quand j'étais jeune. Alors, je me nettoie à l'alcool. C'est aussi propre. Dans les temps, les rois de France ne faisaient pas autrement. C'est vous dire !... Je ne suis d'ailleurs pas la seule. Par exemple, ici, il y a des douches ; eh bien ! personne n'y va. »

Et Mathilde : « Le lavabo, d'accord. Mais la douche, j'aimerais pas ça non plus. Je croyais que c'était réservé aux fous ?

— Non, non. Il y en a même pour les pas-fous. Des chaudes, des froides, des tièdes. Faut tourner des robinets, mélanger les températures. Comment voulez-vous que je fasse, sans mes yeux ?

— Moi, je les ai bien, mes yeux, mais j'irai pas, pour sûr ! Sauf si on m'y traîne de force ! Me mettre toute nue ! Merci bien ! Vous m'imaginez, toute nue, à mon âge ? Moi, si je me voyais comme ça, vrai, ça me flanquerait une de ces peurs ! Ça me tournerait les sangs. J'aime mieux pas tenter l'expérience. »

A 7 heures et demie, les cent cinquante vieillardes se trouvent en place dans le réfectoire pour le petit déjeuner. Il y flotte une odeur aigre de fond de gamelle, de vaisselle sale abandonnée. Tout est propre cependant en apparence ; il faudrait gratter encore dans les petits coins, curer les rainures. On pense à une personne parée, mais qui a gardé du noir sous les ongles. Bientôt arrivent des brocs de café au lait présucré, des corbeilles de pain. On a le choix de l'émietter dans son bol, ou de faire trempette : tartines sans beurre ni confiture qui les préservent du cholestérol. Celles qui aiment mieux la soupe sont servies à une table spéciale.

Ensuite, les voilà libres jusqu'à 11 heures, pour le repas de midi. Puisque midi sonne ici à 11 heures. Mathilde regagne Saint-Paul de sa démarche dandinante. Ses colocataires pas encore revenues, les lieux se trouvent inoccupés. Profites-en pour aérer un peu, Mathilde ; ça sent rudement le fort, là-dedans ! Elle voudrait bien ouvrir la fenêtre ; mais sa voisine de lit a disposé devant, sur l'appui, un alignement d'objets divers, boîtes de réglisse, bobines de fil, fioles de sirop, flacon d'eau de Cologne, et même une statuette de la Vierge du Puy, incassable, emmanchée dans un socle de plomb ; Mathilde la reconnaît à son Enfant sur le bras droit ; on dit que le sculpteur se précipita du haut de la couronne en s'apercevant de sa bévue ; ce qui était une grande bêtise assurément : est-il obligé qu'une mère porte son bébé sur le bras gauche ? Faudra que tu lui demandes d'enlever toutes ces étartuelles ; en attendant, essaie au moins d'entrebâiller. L'espagnolette tourne, mais le battant ne vient pas, scellé par des mois d'immobilité. Une fenêtre condamnée, pratiquement. La seule aération possible ne peut s'obtenir qu'en laissant la porte d'entrée ouverte, au bout du couloir que parfument les cabinets.

Comme Mathilde s'y emploie, voici qu'elle voit venir à elle un ange blanc, sautillant, battant des ailes, volant en rase-mottes, se posant à peine, bondissant par-dessus les pelouses. Il s'avance vers elle en chantonnant. Il va s'élever vers les nuages ! Disparaître dans le ciel ! Mais non ! Quand il se trouve tout près de Saint-Paul, l'ange aux beaux estomacs fait semblant de lancer une balle contre le mur, et chantonne :

Mathilde, t'as bonn' mine,
Agnès-se, t'as des fraises,
Véronique, t'as des figues,

Eugénie, du pain bénit,
Béatrice, des saucisses,
Marie-Louise, des cerises,
Fernande, des amandes,
Bernadette, des noisettes,
Natacha, t'as du nougat,
Et Charlotte, t'as des crottes !

A chaque prénom, l'ange blanc rattrape l'invisible balle, très haut, très bas, à droite, à gauche, pirouette, bondit, claquant des mains, se baisse, se relève.

« Et Françoise ?

— Françoise, c'est facile :

Françoise, t'as des framboises...

— Eh ! bien ! Vous alors ! Vous alors ! fait Mathilde éberluée.

— Et maintenant, allez vous promener un peu, grand-mère, pendant que je balaie les chambres.

— J'y vais. Mais m'appelez pas grand-mère.

— Pourquoi donc ?

— Parce que j'ai pas de petits-enfants. »

Elle part, toute frétillante quand même.

Elle marche à pas menus dans le jardin rouge et vert. Surprise de n'avoir rien d'autre à faire de ses quatre membres qu'à les promener çà et là. Rentière ! Te voilà rentière ! Au *Doux Repos*, tout le monde est rentier, sauf les employés, le directeur, les infirmières, les secrétaires, le cuisinier, Françoise et ses collègues. Autrefois, chez le baron de Barante, tu servais les maîtres, y compris leurs chiens, leurs chats, leurs oiseaux, leurs poules, leurs lapins. Maintenant, voici qu'on te sert à ton tour ! Si ta pauvre mère te voyait, traitée pire qu'une princesse ! Qui aurait jamais cru une chose pareille ?

Elle peut sortir quand il lui plaît, visiter le village, les alentours. Elle le fera sûrement, demain, après-demain. Lorsqu'elle aura terminé la connaissance de la maison et de ses habitants. En attendant, elle va comme son idée la pousse, admire les fleurs et les arbustes, la blancheur des bâtiments, le scintillement des fenêtres. Autour d'elle, les personnes de service vont et viennent d'un pas précis ; les pantouflards baladent leurs vieux os. Tout ce mouvement, c'est quand même plus gai que le Peyroux !

En marchant, elle passe près d'un petit groupe de rentiers, assis devant la maison des hommes. Quand des gens se réunissent, d'ordinaire, c'est pour parler ensemble. Or, ceux-ci ne disent rien. Faut-il supposer qu'ils ont épuisé leur répertoire ? Ou bien qu'ils se sont rassemblés pour se taire ensemble ? Le passage de Mathilde ne les fait ni ciller ni frémir. Ils restent immobiles, disposés dans tous les sens sur leurs sièges, parfois se tournant le dos, comme s'ils ne se voyaient pas les uns les autres. Certains, appuyés sur leur canne, penchent la tête à la façon des coqs saignés. Ils n'en finissent point de regarder par terre. On dirait des hommes de bois. Elle les dépasse. Beaucoup plus loin, elle se retourne, et constate qu'aucun d'eux n'a bougé l'auriculaire.

Les bancs sont formés d'une grande feuille,

verte ou jaune, en matière plastique, adroitement galbée pour les recevoir. Mathilde se laisse choir sur l'un d'eux. C'est un peu froid, un peu glissant. Faut apprendre à s'en servir. A peine est-elle installée qu'une particulière s'avance vers elle, la considère avec des yeux de feu et s'installe à son flanc gauche. Un moment, elles s'examinent en silence. La particulière n'a rien de particulier — les mains jointes au creux de l'estomac, maigre dans sa robe de veuve, toutes les femmes ici sont des veuves — si ce n'est ce regard brûlant.

« Je vous connais pas, commence-t-elle.

— Je suis arrivée d'hier après-midi.

— Alors, ça peut pas être vous.

— Moi qui quoi ?

— Qui m'avez volé mes vingt mille francs.

— On vous a volé vingt mille francs ?

— Oui. Le soir du 14 Juillet. J'étais sortie voir le feu d'artifice. Je suis sûre que c'est à ce moment-là. Mais c'est seulement le lendemain que je m'en suis aperçue. Je les avais pourtant bien cachés, en un endroit que j'étais seule à connaître. Faut-il qu'y ait du monde canaille tout de même !

— Et depuis trois mois, vous les avez pas retrouvés ?

— Pensez-vous ! Remarquez bien, j'ai mes soupçons. Cependant, je peux pas les dire. Vous comprenez, on n'accuse pas les gens comme ça. Faudrait des preuves. Faudrait être sûre. »

Là-dessus, elle tourne la tête et chuchote dans l'oreille de Mathilde :

« La Mondannel... Ma voisine de chambre... Vous pensez bien que je l'observe la première !

Tout cet été, je l'ai vue manger quelque chose en cachette. Du chocolat ! Oui, ma chère ! Au moins une tablette par semaine ! Et avec quel argent qu'elle s'achète ce chocolat ? Hein ? Avec quel argent ?

— C'est pas moi qui vous le dirai !

— Et du chocolat aux noisettes, encore ! Ça faisait crac, crac, sous ses dents. Vu qu'elle porte un dentier. Je voulais déposer une plainte. Mais la direction m'a dit : « Madame Escalier, ne faites pas de scandale. Nous allons mener une enquête nous-mêmes. »

— Et ils ont pas trouvé votre voleuse ?

— Probable qu'ils ont pas bien cherché. »

Ensuite, plus confidentielle encore :

« D'ailleurs, savoir si c'est pas quelqu'un du personnel ? Hein ? Savoir ?

— Oh ! Vous croyez ?

— J'ai mes soupçons, je vous dis. Mais je peux nommer personne. »

Ses lèvres s'immobilisent, se scellent sur le secret ; mais un index crochu émerge des mains nouées, prend l'air, désigne au loin une forme blanche. Mathilde sursaute :

« Heu ?

— Oui, celle-là.

— Celle-là ?... Françoise ?

— Parfaitement ! Françoise !

— Une personne si gaie ! Si gentille ! Si attentionnée ! Je lui ai donné une coucourle ; et savez-vous ce qu'elle m'a dit ? Je la porterai à ma mère ! Quelqu'un qui a de telles pensées peut pas être mauvais.

— Vous la connaissez pas. Une rien du tout ! Vous savez donc pas qu'elle a un enfant ? Et qu'elle est pas mariée ? Alors, elle a de gros besoins. Voilà pourquoi je la suspecte ! »

Mathilde secoua la tête, incrédule. Puis elle se lève, s'éloigne sans dire au revoir. Elle a un petit ! Tiens ! Tiens ! Tu lui demanderas de te l'amener. Ça, c'est une bonne nouvelle, par exemple ! Une bonne nouvelle !

Les nouvelles, c'est-à-dire les cancans, forment ici la principale occupation des rentiers et des rentières. Chacun finit par tout savoir sur les autres, le vrai et le faux. Après n'avoir parlé quotidiennement, durant des siècles, qu'à ses chèvres et à son fourneau, Mathilde tombe dans des excès de bavardage. Ainsi le naufragé repêché après un jeûne interminable se jette-t-il sur les nourritures.

Les femmes et les hommes, cependant, ne s'adressent guère la parole. On dirait deux races ennemies. Pour tout dire — maintenant qu'est passée depuis belle lurette la saison des complicités charnelles — ils s'évitent. Comme si chacun avait divorcé de chacune. Quand par extraordinaire il leur arrive de se trouver face à face, ils échangent des regards chargés d'anciennes rancunes. Te souviens-tu de ce que tu m'as fait ? Si ce n'est toi, c'est donc ta sœur. Et toi-même, lorsque tu me revenais plein comme une outre, et prétendais encore que je te fasse des gentillesses Si tu avais mieux tenu la maison, j'y serais demeuré plus volontiers. Et ce fils que tu m'avais promis, et qui n'est jamais venu. Il me suffisait d'un seul enfant d'ivrogne, sans avoir à en procréer d'autres. Et l'argent de ton père... Et les injures de ta mère... Et ton frère... Et ta sœur... Elle bat le beurre...

Entre eux, les hommes se sentent sur un terrain plus ferme. Ils évoquent leurs gloires passées : le service militaire, leurs campagnes, leur ancien métier, leurs bonnes amies, leurs tours de force, leurs voyages, les bons coups qu'ils ont réussis, flanqués, bus ou tirés. Quand ils les ont racontés à l'un, ils les racontent à l'autre. Ils parlent rarement de leur famille. Ils n'ont ni présent ni avenir ; seul le passé existe encore. Un peu moins chaque jour. De leur mémoire pareille à un tonneau qui fuit, les souvenirs s'échappent goutte à goutte. Vient un temps où ces hommes se taisent, lorsqu'ils ont rabâché deux ans, trois ans, cinq ans les mêmes histoires. Alors, ils penchent la tête et contemplent l'asphalte, sondant ses profondeurs.

La plupart n'ouvrent jamais un journal. Que leur chantent ces problèmes d'étalement, de circulation, de pétrole, de socialisme, de capitalisme, d'inflation, dont certains faibles échos atteignent cependant leurs oreilles, portés par les lamentations du personnel ? Est-ce qu'ils prennent des congés payés, eux ? Est-ce qu'ils roulent voiture ? Est-ce qu'ils doivent défendre leur pouvoir d'achat ? Est-ce qu'on les appelle jamais à manifester dans la rue ?

Berthomieux n'est pas de ceux-là. Il se force à sortir au moins une fois par semaine. Il traverse la petite place encombrée de camions et de tracteurs, se dirige vers l'épicerie-tabac-buvette de Mme Ladoux, et demande un journal hebdomadaire : la *Gazette de Thiers* ou *la Montagne-Dimanche*.

« Bonjour, monsieur Berthomieux ! s'écrie-t-elle. On vient chercher sa petite feuille ?

— Hm.

— Alors, ces vacances, ça se passe bien?

— Quelles vacances?

— Les vôtres! M'est avis que vous êtes en vacances, non? Veinard!

— Vous avez raison. Vacances à perpète. Donnez-moi la *Gazette*, s'il vous plaît.

— Voilà... A propos de perpète, vous avez vu?

— Quoi donc?

— Ces malfaiteurs, qui se révoltent dans leurs prisons. Ça devient vraiment une mode!

— Hm. »

Il emporte son journal sous le bras; il lira dans la solitude, en suisse.

Moi, je me tiens au courant de l'actualité. Sinon, à quoi je ressemblerais? A un escargot, dans sa coquille : bouffer, baver, dormir. Pour ce qui est de la captivité, je connais. Pas le même genre de prison, certes! Cinq ans dans un stalag de Westphalie. A manger du boudin de cheval et de la soupe au rutabaga. De toute manière, les prisons — les vraies — finissent par s'ouvrir un jour. Les locataires y vivent dans l'espérance de leur libération. Même les « perpètes », en se tenant sages, pour faire croire qu'ils se sont amendés : on les relâche au bout de dix ans... N'exagère pas, Berthomieux. Qu'est-ce que c'est que ces comparaisons?... Le *Doux Repos* n'a ni barreaux ni geôliers : Tu veux sortir? Tu sors. Tu veux rentrer? Tu rentres. De quoi te plains-tu, Berthomieux? Est-il raisonnable d'espérer quand on a TOUT? De souhaiter une délivrance quand on est LIBRE? Tu ferais mieux de travailler les mots croisés.

C'est ce que lui répète sans cesse chaque lettre de son fils, le docteur Berthomieux, spécialiste des maladies du tube digestif, installé à Vichy, où il se nourrit, lui et les siens, de foies, de rates, de tripes, de pancréas : ... *N'as-tu pas, en vérité, dans cette belle résidence du* Doux Repos, TOUT *ce qui t'est nécessaire ?... Cite-moi une seule chose qui te manque !... Chauffé en hiver, aéré en toutes saisons, blanchi, éclairé, logé, une nourriture saine, abondante, variée, de l'argent de poche à ta suffisance : que te faut-il de plus ? Sans parler de la compagnie. Celle qui te convient : des personnes de ton âge, celles avec qui tu t'entendras le mieux. Pas de conflits de générations entre vous, puisque,* grosso modo, *vous appartenez tous à la même... Et avec ça,* LIBRE ! *Totalement libre ! Tu veux sortir ? Tu sors. Tu veux rentrer ? Tu rentres. Tu as envie de boire un canon ? Le bistrot d'Entraygues est à ton service... Allons, cherche bien ! S'il te manque quoi que ce soit, je te le procurerai...*

Berthomieux se creuse la tête. Non, vraiment, il ne lui manque rien.

Lulu est d'une autre espèce. Le genre optimiste, envers et contre tout. Il raconte à qui veut l'entendre :

« Que voulez-vous, il y a des gens nés pour travailler, et d'autres pour ne rien fiche. J'appartenais à la seconde catégorie. Ma spécialité à moi, c'était de dépenser. Les restaurants, les théâtres, les cinémas, les boîtes de nuit, les casinos. Je ne sais pas si vous voyez ce que je veux dire. Ah ! si l'on me rendait les millions que j'ai croqués, je pourrais acheter tout Entraygues. Y compris le maire, Chazel, et ses quatorze vaches. »

On ignore s'il dit vrai ou s'il brode, avec cette sacrée langue qu'il a dans la bouche :

« Parbleu ! explique-t-il. Savez-vous que j'ai fait jadis des études d'avocat ?... *Article douze. Tout condamné à mort aura la tête tranchée. L'exécution aura lieu au moyen d'une guillotine. Article 14. Les corps des suppliciés seront délivrés à leurs familles si elles les réclament, à la charge pour elles de les faire inhumer sans aucun appareil. Article 17. Si une femme condamnée à mort se déclare et s'il est vérifié qu'elle est enceinte, elle ne subira la peine qu'après sa délivrance.* Ainsi de suite. Malgré toute cette science, je n'ai jamais plaidé. Ni pour la veuve ni pour l'orphelin. Aux veuves, j'offrais d'autres consolations, pourvu qu'elles fussent jeunes et caressantes. Il y a des personnes, je m'en rends compte, qui souffrent de se sentir inutiles. Eh ! bien ! Je me place parmi les plus inutiles qui aient jamais vécu sur cette terre. Pourtant, je n'en ai jamais souffert : je lève la main droite, et je dis je le jure ! »

Il fait ainsi, et crache par terre. Quand on lui demande d'où lui venait tout cet argent, il répond :

« D'héritages. Mon père, se privant de pain et de sommeil, avait amassé une grosse fortune dans la ferraille, les chiffons, les vieux papiers. Occupé à battre la campagne de jour et de nuit, il eut le tort de ne faire qu'un seul enfant : vous l'avez devant vous ! Or, savez-vous combien je pesais à ma naissance ?... Deux livres moins le quart !

— Deux livres moins le quart ? Par exemple !

— Comme je vous le dis !

— Ça ne fait pas beaucoup ! Eh bien ! Depuis, vous vous êtes rattrapé ! Vous en avez pris, des livres et des kilos !

— D'accord. Mais en ce temps-là, je pesais deux livres moins le quart. Guère plus gros qu'une pomme. Alors, pour ma santé, on prenait des précautions extraordinaires. Toujours les nourritures les plus fines. Pas d'effort, surtout, pas d'effort ! Ménagez-le, ce petit ! Il pesait deux livres moins le quart à sa naissance ! Pas de service militaire : vous pensez bien, quand on a pesé deux livres moins le quart ! Et voilà comment j'ai pris certaines habitudes. En mourant, mon vieux m'a laissé une douzaine de maisons de rapport. Elles auraient pu assurer mes vieux jours : j'ai préféré les consommer pendant les jeunes, encore en possession de toutes mes facultés de jouissance. »

Et maintenant, comment vit-il ? Du Fonds de Solidarité nationale.

« J'ai toujours été favorable à la solidarité. Quand j'avais de l'argent et que je le répandais autour de moi, beaucoup de Français en profitaient, n'est-ce pas ? Commerçants, hôteliers, garçons de café, croupiers, chauffeurs de taxi, ramasseurs de mégots, que sais-je ? Maintenant que je suis dans le besoin, il est normal que la Solidarité nationale joue en ma faveur. »

Comme il est un des plus jeunes, des plus valides parmi les pensionnaires du *Doux Repos,* il rend de menus services aux uns et aux autres, soutient les éclopées, conduit les aveugles, écrit les lettres des grelottantes, pousse la voiturette des culs-de-jatte, porte les valises d'un poids raisonnable. Il n'oublie pas les deux livres moins le quart de sa naissance. Lorsqu'un rentier vient à avaler sa langue, il veille le corps dans la chapelle, en attendant que la famille en prenne livraison ; il tient à le remettre en main propre :

« Ah ! Madame ! murmure-t-il à la fille éplorée, d'une voix modérément basse, désignant du menton le cercueil en bois blanc, il était mon meilleur ami. Que dis-je ! Nous nous aimions comme deux frères. Castor et Pollux. S'il avait besoin de quoi que ce fût, j'accourais pour le servir. Très souvent de ma poche, avec ce goût dispendieux qu'il avait pris pour les petits gâteaux. Il lui fallait son éclair chaque dimanche ! Au chocolat ! Ah ! je peux dire que j'ai adouci ses derniers instants. Toujours il vous réclamait : ma fille par-ci, ma fille par-là ! Je lui expliquais que, de votre côté, vous aviez votre ménage, vos enfants, votre mari, tous les soucis de la vie moderne. Je le raisonnais, quoi. Les vieillards, c'est égoïste. Si on les croyait, on s'occuperait d'eux tous les jours, d'une façon ou d'une autre !

— Je vous ai bien de la reconnaissance. Vraiment, je suis confuse... Je ne savais pas...

— Tenez. La dernière fois que vous êtes venue... C'était quand ? »

Elle cherche elle-même. Elle demande à son mari. Je ne me rappelle plus au juste. C'était quand ?... Ben... ça devait être... le jour où qu'on est passés par ici pour aller à Châteldon, voir ces meubles. Y a trois mois. Tu crois que c'est si vieux que ça ?... Ben... il me semble.

« Bref, reprend Lulu. Le soir de votre dernière visite, il pleurait comme je sais pas quoi. Inconsolable ! Alors, je l'ai sorti, je l'ai promené dans Entraygues, je lui ai payé un verre au café. De ma poche, naturellement. »

La fille commence à comprendre et lance un regard furtif vers son mari. Celui-ci tâte dans quelle poche il a placé son porte-monnaie. Lulu écrase du pouce une larme au coin de sa paupière gauche. Il complète :

« Et puis, je le tenais propre. Les derniers temps, il me donnait beaucoup de mal, avec cette infirmité de faire pipi dans ses culottes.

— Vraiment ?... Il faisait... ?

— Et quelquefois, pire que ça !... Vous m'avez compris ! »

Elle se met sous les narines le mouchoir dont elle se frottait les yeux l'instant plus tôt. Le gendre fronce le nez, et croit s'apercevoir qu'en effet le cadavre du beau-père sent la merde.

« Que voulez-vous ! soupire Lulu. Avec les malades, il ne faut pas être délicat ! »

Il écrase une seconde larme du côté droit. Il en a fini : le grain est jeté ; que le vent le porte ; que le sol l'accueille et lui fasse produire ses fruits. Le gendre s'exécute, tire un billet, l'insinue de force dans une main plus que réticente :

« Non, non !... Il me le reprocherait s'il vivait encore !

— Pour vous dédommager de vos frais. Vous ne devez pas rouler sur l'or.

— Je l'accepte en souvenir de lui ! Uniquement en souvenir de lui !

— Bien sûr. Uniquement. »

La plupart des familles ne songent point à récupérer froid un particulier dont elles ne se souciaient guère au temps de sa chaleur. Les transports coûtent à présent les yeux de la tête. Surtout ceux des Pompes Funèbres ! Les descendants se résignent donc à confier leur cher défunt à la terre locale, dont les tarifs au mètre carré n'ont rien de comparable avec ceux des villes : on peut encore s'y offrir un petit trou pas cher. Le cimetière d'Entraygues, ainsi approvisionné par *Le Doux Repos,* couvre une superficie disproportionnée avec la population permanente de la commune. Il a fallu l'agrandir deux fois en dix ans.

Jusqu'au dernier instant, Lulu soutient les endeuillés de sa présence fraternelle. Si nécessaire, il donne un coup de main au curé, en répondant *Et avec votre esprit ;* au cocher du corbillard, pour charger et décharger la caisse ; au fossoyeur qui la reçoit. Solidarité, solidarité ! Il est bien rare que ces divers auxiliariats ne soient récompensés de quelques pourboires supplémentaires. En espèces ou en nature. *Le Doux Repos* a coutume, en effet, pour un prix avantageux, d'offrir table d'hôte aux parents venus de loin. Dans une pièce spéciale, loin des réfectoires, on leur sert un menu réconfortant. Et ces braves gens ont souvent la délicatesse d'inviter monsieur Lulu qu'ils voient aussi abattu qu'eux-mêmes. Il y consent pour ne pas les désobliger.

Voilà par quels moyens il arrondit les prestations du Fonds de Solidarité nationale. Les décès surviennent dans la maison à intervalles réguliers. Il lui suffit d'en être averti à temps : il se renseigne sur le nom, le prénom, la dernière maladie du client, afin de ne pas commettre d'impair. Ainsi, l'argent de poche ne lui manque jamais. Il profite bien des portes ouvertes et se promène dans Entraygues, la mine fleurie, les mains dans les poches, largement précédé de son ventre et suivi de son derrière. Les gens du village le connaissent, le saluent avec une familiarité mêlée de respect :

« Bonjour, Lulu ! Toujours en pleine forme ? »

Il leur lance quelque craque pesante : de celles qu'on jette aux inférieurs. Les mains posées sur sa panse :

« Comme vous voyez !... J'attends un heureux événement.

— Ha ! ha ! ha !... Sacré Lulu !

— Ce sera bien le premier que *Le Doux Repos* aura jamais connu ! »

Il boit un cognac chez Mme Ladoux. S'il y rencontre un autre pantouflard, il n'hésite pas à trinquer avec lui. Après quoi, il ouvre les journaux exposés, les butine çà et là, les replie soigneusement, les remet en place sans les acheter. La tenancière ne proteste point, pour ne pas risquer de perdre sa pratique.

Certains soirs, après un bel enterrement, si les parents du défunt se sont montrés généreux, il force un peu sur les petits verres. Il s'accroche au premier rentier accessible comme à un bec de gaz :

« Ah ! mon frère de purgatoire !... Si tu avais dans ta poche le quart du dixième de la moitié de l'argent que j'ai flambé, tu pourrais aller loger à l'hôtel Métropole, à Royat !

— Pisque c'est comme ça, rétorque le bec de gaz — ancien porteur durant quarante-cinq ans à la gare de Clermont, à trente sous le paquet —

pisque c'est comme ça, paye-moi un autre casse-pattes.

— D'accord. Je te le dois bien. Peut-être seras-tu mon prochain client ! Mon prochain Castor !

— Quel client ? Quel castor ?

— Cherche pas à comprendre. Buvons à notre fraternité. »

Les femmes ont d'autres manières. Certaines, par une ancienne habitude, tricotent des bas, des cache-nez, des pull-overs. Très exigeantes sur la qualité de leur travail, elles n'hésitent pas à le défaire encore. Quand on demande à ces Pénélopes pour qui elles aiguillettent avec tant d'ardeur :

« Pour mon petit-fils, qu'elles répondent. Le plus jeune, qui a douze ans.

— Mais puisqu'il ne vient jamais vous voir !

— Oh ! si, qu'il vient ! Il est venu à Pâques. Et s'il ne vient pas plus souvent, c'est qu'il est trop petit : il ne peut pas prendre le chemin tout seul. Il viendra davantage quand il sera plus vieux... Il me sortira... Je lui donnerai le bras... On fera le tour du patelin... »

Comme le petit-fils grandit lentement, elles ont tout le temps de perfectionner leur tricot. Elles tiennent à donner entière satisfaction au destinataire. Elles sont heureuses que Mathilde soit nouvelle dans la maison ; elles lui montrent sa photo :

« Vous ne trouvez pas qu'il me ressemble ?... Le nez, surtout. »

Elles racontent ses prouesses, ses farces, ses

bons mots, ses accidents, ses maladies. Elles le connaissent comme si elles l'avaient élevé.

« Quand je sais qu'il doit venir, ce gamin me détraque. Savez-vous que j'en rêve la nuit ? Tout pareil que dans les temps, lorsque j'étais amoureuse de mon bon ami ! Faut dire ce qui est : je crois bien que je suis amoureuse de mon petit-fils ! »

Elles rient de leurs gencives roses.

« Alors, concluent-elles, vaut mieux qu'il ne vienne pas trop souvent. »

Au milieu de toutes ces veuves, Mauricette, restée célibataire, forme une exception. On ne sait si elle a trente-cinq ou soixante-cinq ans. Elle ne le sait pas elle-même. La première fois que Mathilde l'a rencontrée, elle n'en a pas cru ses yeux : l'autre poussait un landau d'enfant. Avec des précautions, une tendresse à ne pas croire. Elle est allée s'asseoir à l'ombre du gros robinier, a tendu un voile de gaze sur la bouche de la capote, s'est mise à secouer doucement la voiture. Il y avait mille ans que Mathilde n'avait vu un bébé de près. Sans parler d'en toucher un. Elle s'approche de la gaillarde, demande aimablement :

« A qui est ce petitou ? »

Et Mauricette, offensée d'une telle question :

« A qui que vous voulez qu'il soye ? A moi, pardi !

— A vous ?

— A moi, oui. Ça vous convient pas ?

— Ça me convient. Vous le dites, je vous crois.

— Ecartez-vous un peu. J'ai pas envie que vous lui colliez vos microbes.

— Excusez-moi. »

Mathilde se lève, s'en va en se dandinant, confuse et tristouillette. Elle s'assied sur un autre banc. Elle regarde voler les hirondelles. Puis, elle baisse les yeux, et voit sur l'asphalte trois fourmis avancer en direction de ses pieds. Elle a l'idée automatique de les écraser, comme elle a toujours fait au Peyroux : on ne va pas se laisser envahir par cette vermine. Puis, elle se rappelle cet article qu'elle a lu dans un journal : l'équilibre naturel, chaque être vivant utile et nécessaire, même les tigres, même les crapauds, même les scorpions. Eux, les pensionnaires du *Doux Repos,* sont-ils vraiment nécessaires à l'équilibre de la nature ? Est-ce qu'elle serait troublée dans son fonctionnement, la nature, si un pied les écrasait ? Les fourmis sont encore à sa portée, sans méfiance. Deux grosses et une toute petite. Sans doute le père, la mère et la fille. Alors, Mathilde éloigne ses pantoufles et leur fait grâce.

Comme une récompense pour cette bonne action, un moment après elle voit Mauricette, là-bas, se lever et marcher dans sa direction, en poussant le landau. Une fois devant elle :

« Il est réveillé ! qu'elle explique. Maintenant, si vous voulez toujours le voir, je vous le montre.

— Bien sûr. »

Mauricette écarte la gaze, plonge les mains sous la capote en roucoulant : « Viens, mon gros... mon gros patapouf... » Elle en tire un paquet de linges blancs d'où émerge la tête rose d'un baigneur en celluloïd. Mathilde a un choc au cœur. Encore une toc-toc. Tu es vraiment au pays des toc-toc, ma pauvre. Prends garde de ne pas le devenir toi-même.

« Est-il pas beau ? demande la gaillarde.

— Si, si, bien beau. Quel âge il a ?

— Huit mois... Non, treize mois... Non : sept mois dimanche prochain. J'en ai tellement, vous comprenez, je m'embrouille.

— Ah ! oui ? Vous en avez beaucoup comme ça ?

— Comme ça et autrement. Des petits, des grands, des qui miaulent, des qui font pipi, des qui disent *maman*. Et même deux noirs. Des négrillons.

— Ça vous fait une belle famille !

— M'en parlez pas ! J'ai de quoi tricoter ! Celui-là, c'est le numéro soixante-quinze.

— Soixante-quinze ? Nom de gueux !

— Il est pas encore baptisé. Si vous voulez, vous serez sa marraine.

— Marraine, moi ? Oh ! je suis bien trop vieille ! Pour les quatre matins qu'il me reste à vivre ! Faut en choisir une plus jeune que moi ; comme ça, quand il sera grand, il pourra profiter d'elle. Elle lui fera des cadeaux. Les marraines, c'est bon d'abord pour les cadeaux.

— Vous savez comment je veux l'appeler ?

— Dites voir.

— Georges.

— C'est un nom tout à fait convenable. Saint Georges est un saint très puissant. Il a terrassé le dragon.

— M'en fous de saint Georges. J'ai choisi ce prénom à cause du parrain. Et devinez un peu qui ça sera, le parrain ? Devinez un peu !

— Ma foi !... Je connais pas bien la maison encore... »

Mauricette rit dans sa barbe. Ce qui n'est pas une façon de parler. Mathilde cherche :

« Qui donc qui s'appelle Georges, par ici ?... Je vois pas. »

Mauricette rit plus fort. Son visage enfin se transforme, passe de l'hilare au sérieux, du sérieux au grave, du grave au tragique. Pareil aux figures peintes sur un ballon de baudruche, quand le ballon se dégonfle. Alors, elle révèle :

« Georges !... Le Président !

— Quel président ?

— Tompidou.

— Pompidou ?

— Oui, Tompidou. J'ai voté pour lui, la dernière fois.

— Eh bien ! vous !... Vous avez pas peur ! Et il a accepté ?

— J'attends sa réponse. Je lui ai fait écrire, par Lulu. Mais il acceptera sûrement. On m'a dit qu'il aimait bien être parrain, dans une famille nombreuse.

— Pour ce qui est d'être nombreuse... la vôtre...

— Alors, vous voyez que vous pouvez être marraine !

— On verra, on verra. »

Mme Issartier et Mme Valade sont à Saint-Paul les deux dernières voisines de Mathilde. A longueur de journée et quelquefois la nuit, elles s'entretiennent de leurs diverses maladies et se livrent un duel permanent : aucune ne veut laisser à sa rivale la gloire d'être plus accablée. Quand, par extraordinaire, il leur arrive momentanément de parler d'autre chose, bientôt elles retournent à leur combat. Toutes les conversations y mènent, comme tous les chemins mènent à Rome.

« Maintenant, dit Mme Issartier, dès que je suis couchée, figurez-vous qu'il me vient des fourmis qui me dévorent tout du long dans les jambes. Je me gratte, je me gratte. Impossible de les chasser. Si bien qu'il faut que je me lève pour marcher quelques pas. Alors, elles s'arrêtent un peu. Mais sitôt que je me rallonge, les revoilà qui me renvahissent ! Et gratte que je te gratte !

— Ah ! ma pauvre ! Vous avez de la chance d'en avoir dans les jambes seulement, des fourmis ! Moi, c'est aussi dans les bras ! Sans parler des autres douleurs. Ces frictions que vous m'avez faites, hier soir, je dois vous l'avouer, ça m'a pas soulagée du tout. »

Et l'autre, humiliée de n'avoir que quatre membres :

« Dans ces conditions, c'est pas la peine que je recommence. Les frictions, vous vous les ferez vous-même, si ça vous chante !

— Remarquez bien que je vous accuse pas ! Le responsable, bien sûr, c'est le produit du pharmacien. Mais quelle chose terrible, d'avoir mal partout comme ça !

— Partout, partout ! Vous me faites rire ! Tenez, je suis sûre que je souffre d'un endroit où que vous souffrez pas !

— Dites voir. Ça m'étonnerait.

— D'après le docteur Baraban, je suis atteinte dans le coqueci.

— Le coqueci ? Où c'est donc, le coqueci ?

— Vous voyez bien que vous y avez pas mal ! Si vous y aviez mal, vous sauriez où ça se trouve !

— On peut avoir mal quelque part sans connaître le nom.

— Vous seriez bien trop contente que je vous le dise, pour pouvoir ensuite vous en vanter ! Mais je vous le dirai pas.

— Comme vous voudrez. Si je comprends bien, le coqueci, c'est un endroit que vous vous réservez. Vous voulez être la seule à y avoir mal.

— Ça se pourrait bien. »

C'est comme pour la température. Chacune a son thermomètre médical particulier. Elles se mesurent tous les soirs. Ensuite, elles chaussent leurs bésicles, se placent au jour de la fenêtre pour compter les fines graduations. Mais aucune n'annonce le chiffre, craignant la performance de l'autre. Elles se contentent de secouer la tête, de lever les yeux au ciel :

« Encore plus haut qu'hier !... Ça alors !... Jusqu'où je vais monter comme ça ?... »

Il existe un petit nombre de pensionnaires privilégiés : les couples. Ils logent dans le bâtiment neuf où les tarifs sont plus élevés à cause de l'ascenseur, des couloirs carrelés, des petits réfectoires (un par étage) avec tables pour deux ou pour quatre, des chambres plus vastes et plus confortables. Des chambres véritables, entourées de murs complets.

M. et Mme Murat ont quatre-vingts ans chacun, et vivent de la pension du gouvernement depuis un quart de siècle. Avec tous ces pauvres diables qui émigrent chez les taupes, à peine leur retraite commencée, il est juste que, de temps en temps, d'anciens serviteurs de l'Etat lui fassent cracher ce qu'il économise sur les morts prématurés. M. et Mme Murat sont entrés ensemble aux écoles normales de Clermont ; ils se sont mariés, ont été instituteurs de campagne, pour terminer leur carrière à la ville. Une carrière tranquille, troublée seulement par deux guerres, illuminée par la naissance de trois enfants, couronnée par les palmes académiques.

Selon leurs calculs, ils ont formé ensemble deux mille élèves, parmi lesquels de brillants sujets : professeurs, médecins, avocats, notaires, ingénieurs, officiers, commerçants, hommes politiques. Leur métier était d'enseigner la lecture, l'écriture, le français, le calcul, la gymnastique, le dessin, le travail manuel, l'histoire, la géographie, la musique, la morale. Ils prêchaient la tolérance, la haine du mensonge et de la violence, l'amour de la liberté, de la patrie, des autres hommes, le respect et l'assistance aux parents. Ils ont exercé avec conscience leur profession ; l'Etat les payait pour cela ; leurs anciens élèves ne leur doivent donc rien ; aucun ne vient jamais leur rendre une simple visite de politesse, ne leur envoie jamais une carte postale. Si l'on devait manifester sa reconnaissance à tous ceux qui vous ont rendu service contre paiement, on passerait la vie à ça.

A cinquante-cinq ans, donc, M. et Mme Murat cédèrent la place aux jeunes. Ils se retirèrent à Bellerive, sur les bords de l'Allier, occupant leurs loisirs au tricot, au jardinage, à la pêche, à la lecture, à la poésie. Mme Murat écrivait des sonnets parnassiens, dans la manière de Hérédia. Leurs enfants aussi sont de brillants sujets : un de leurs fils enseigne la linguistique à Rennes ; un autre étudie les antiquités en Egypte ; le troisième court le monde pour un journal parisien. Ils n'oubliaient pas leurs père et mère, leur écrivaient régulièrement, envoyaient des cadeaux, passaient parfois huit jours en leur compagnie. Eux vieillissaient doucement dans la paix bourbonnaise.

Avec le temps, tout se transforme, tout s'use : les corps, les ressorts, les querelles, les semelles, les lames, les âmes. Les anciens maîtres d'école atteignirent un grand âge ; si bien que ce chagrin ne leur fut pas épargné : de voir leurs enfants vieillir à leur tour, grisonner, bedonner, prendre des rides et de la couperose. Ecrasés d'importance et de responsabilités, les trois fils tombèrent d'accord un jour sur un certain arrangement :

« Nous ne pouvons plus laisser nos vieux seuls à Bellerive. Comme aucun de nous n'a l'appartement nécessaire ni le temps de les prendre chez soi, plaçons-les dans quelque honnête maison de retraite, où ils seront bien soignés, et partageons-nous les frais éventuels, dit le linguiste.

— Oh ! il n'y aura guère d'éventualité. Chacun d'eux jouit d'une pension qui doit largement couvrir leur hébergement, dit l'égyptologue.

— Nous serons là seulement pour leur servir de paratonnerre, en cas de coup dur, opération, soins coûteux », dit le journaliste.

C'est ainsi que M. et Mme Murat ont été

transférés un certain jour à Entraygues, dans la partie la plus luxueuse du *Doux Repos.* Ils s'y trouvent, assurent-ils, les plus heureux du monde. L'ancienne institutrice continue de parnassiser. Ce sera mon héritage personnel à mes enfants ou petits-enfants. S'ils les jugent bons, ils publieront mes vers après moi. Peut-être un jour figurerai-je dans les anthologies scolaires aux côtés de Marceline Desbordes-Valmore, de la comtesse de Noailles, d'Amélie Murat, mon homonyme. Ils reçoivent du courrier ; et même, de loin en loin, la courte visite d'un de leurs descendants. Paul et Virginie, les deux petits-enfants de Rennes, viennent de leur écrire : *Pendant les prochaines vacances de Noël, nous comptons aller skier à Courchevel. Nous en profiterons pour faire un détour par Entraygues et venir vous embrasser...* Alors, chaque matin, M. Murat consulte un calendrier de poche et dit :

« Encore soixante-cinq jours... Encore soixante-quatre... »

Toutefois, il nourrit maintenant des idées bien différentes de celles qu'il enseignait jadis. L'assistance aux parents, *qu'es aco ?* Dans une société évoluée comme la nôtre, devons-nous élever des enfants pour qu'un jour ils nous servent d'abord de valets de charrue, d'ouvriers gratuits, plus tard de gardes-malades ? Non, Monsieur ! Non, Madame ! Des père et mère conscients de leurs responsabilités ne peuvent tenir leur progéniture pour un investissement dont ils accumulent le capital pendant la jeunesse afin d'en toucher les intérêts dans la décrépitude. Ils doivent l'élever pour l'amour d'elle-même, pour qu'elle s'accomplisse, s'épanouisse, n'affronte pas ces duretés dont ils ont souffert dans leur enfance à eux. Fort de ces idées, M. Murat — qui, à quatre-vingts ans a gardé toute sa tête — ne se plaint jamais de son sort.

Accrochés l'un à l'autre, ils marchent à tout petits pas dans le jardin ensoleillé. Ils en connaissent chaque fleur, chaque brin d'herbe. Quand leurs jambes sont lasses, ils ne s'installent pas, comme les autres, sur les bancs de plastique dont le contact glissant leur déplaît. Ils ouvrent une petite chaise pliante à dossier, et se disposent où il leur agrée. M. Murat aime avoir l'échine à la chaleur. Il s'arrange donc pour tourner constamment le dos au soleil, le suivant dans sa course comme fait la fleur de l'héliotrope. Alors, bien soutenu par ces rayons, il tire un livre de sa poche ; il lit les philosophes anciens, Epictète, Marc-Aurèle, Sénèque. *Notre salut et notre perte sont en dedans de nous-mêmes. Rien n'arrive à personne que la nature ne l'ait fait capable de supporter. Nous descendons et ne descendons pas deux fois le même fleuve.*

Mme Murat chausse ses lunettes, essaye de griffonner un nouveau sonnet sur un calepin. Cela n'avance guère. Elle se plaint de ses mauvais yeux. Prétexte. En réalité, l'inspiration lui manque.

Le courrier leur apporte des cartes postales. *On ne vous oublie pas. Grosses bises de Byzance. Le haut Nil ressemble à l'Allier. Je vous envoie à part un colis de dattes. Jacot vient d'être reçu au bac avec mention BIEN.*

Ils se chauffent aussi aux pâles rayons de ces affections lointaines.

Les repas sont les seuls événements des journées. Les vieillardes ont si peu d'emploi pour leurs quatre membres qu'elles les traînent au réfectoire une heure à l'avance. Dès 10 heures, il se trouve quasi plein. Ainsi, le matin, à midi, le soir, elles goûtent un moment d'attente. Heureux, trois fois heureux celui qui a quelque chose à attendre !

Mathilde, cependant, continue d'arriver parmi les dernières. L'appétit ne la pousse point. Elle reconnaît là les cheveux noirs de Mme Sauvagnat, ses autres colocataires de Saint-Paul dont elle ne retient pas le nom, celle qui aime le sucre, celle à qui l'on a volé vingt mille francs, celle qui a un goitre, celle qui en a deux, celle qui se peint la bouche et montre un collier de perles noires. On prétend qu'il s'agit d'une comtesse. Elle a dans le port tant de fierté que la chose n'est pas impossible. Nom de gueux ! Que de beau monde on trouve ici !

Pour ce qui est des menus, personne ne devrait se plaindre : hors-d'œuvre, viande, légumes, dessert. Comme boisson : un litre par table de huit d'un liquide rosâtre que l'administration appelle *vin coupé.* Et pourtant, les plaintes, les chamailleries ne manquent point : les pensionnaires se chipent mutuellement leurs parts ou se disputent les meilleures, comme une troupe de chiennes lapant à la même auge. Les femmes de service doivent souvent intervenir pour les séparer.

5

TOUTES les nuits, c'est la même histoire : dès 3 heures, Mathilde se trouve réveillée comme en plein jour. Que d'images alors lui trottent par la tête ! Elle a beau se morigéner, se dire : Endors-toi ! Compte les moutons ! Un lit, c'est fait pour dormir, pas pour battre la campagne ! Et si tu arrives pas à dormir, t'énerve pas, laisse tes membres en repos ! Rien n'arrête le vagabondage de ses pensées. Ah ! si elle avait bu son tilleul, comme au Peyroux !

Les pluies d'automne sont venues. Il pleut aussi sur le Peyroux, à vingt kilomètres d'ici. Sur les tuiles de Saint-Paul, l'eau du ciel fait un doux clapotis : celui d'un chat qui lape son lait. Mais là-bas, elle s'infiltre par les tuiles fendues, par les lézardes des murs, par les vitres crevées. Maintenant que plus personne ne les défend, elle entre dans les maisons comme chez elle. Elle fait ploc, ploc, ploc sur le plancher des galetas, forme des flaques, traverse les plafonds, tombe sur les lits, les chaises, les fourneaux, inonde les placards.

Elle pense à son cheptel, à ses chèvres, à Margarette, qui à présent, sans aucun doute, sont dans le ventre de Jolivet, de sa femme la

Jolivette, de leurs trois Jolivetous. Faut bien être de son pays comme elle l'a toujours été pour élever une oie jusqu'à l'âge de la première communion ! Une oie qui n'avait pas d'autre production que ses crottes !

Et ainsi de suite, jusqu'à ce que viennent les bruits du petit matin : portes qui battent, bidons entrechoqués, grincement des poubelles. Alors, Mathilde s'arrache du lit chaud. Ses articulations craquent comme le bois sec. Mme Sauvagnat ouvre ses yeux qui ne voient rien et soupire :

« Encore une nuit blanche !

— Une nuit blanche, vous ? Je vous entendais ronfler y a pas cinq minutes !

— Ce qu'il y a, c'est que vous et moi nous ne dormons pas ensemble. Moi, je suis du matin, vous du soir. Je reste des trois, quatre heures à attendre le sommeil ; mais ensuite, je le garde jusqu'au jour. C'est quand même une nuit à moitié blanche.

— Une nuit grise !

— Vous savez ce que je fais pour m'endormir ?... Je me récite des fables de La Fontaine. Celles que j'ai apprises dans le temps, à l'école :

Maîtrecorbeausurunarbreperché
Tenaitdanssonbecunfromage,
Maîtrerenardparlodeuralléché...

Ou bien :

Unegrenouillevitunbœuf
Quiluisembladebelletaille,
Ellequin'étaitpasgrosseentoutcommeunœuf...

Vous voyez ?

— Moi, je sais pas de fables. Quelquefois, je me récite des prières.

— Chacune a sa méthode. Je suis contente de la mienne. »

A côté, on tousse, on se racle la gorge, on se ramone les bronches, on crache dans des mouchoirs. La maison commence une autre journée de doux repos.

Françoise est une bonne fille. Elle traite ses vieilles gentiment, les aide à faire leur lit, prend soin de ne pas déranger leurs babioles, écoute leurs plaintes et leurs confidences, apaise leurs chamailleries, répare leurs bêtises. Un jour, Mathilde la prend à part :

« Est-il vrai, ma mignonne, que vous avez un petit ? »

Et elle, jouant la sourde, mais rouge comme une cerise :

« Qu'est-ce que vous dites ?

— Il paraît que vous avez un petitou. Mais soyez pas offensée si je vous en parle, c'est seulement un bruit qui court. Peut-être je me trompe. De toute manière, je condamnerai jamais une pauvre fille dans cette situation. Croyez pas non plus que je vous demande ça uniquement par curiosité. Non. Seulement, si par hasard c'était vrai, j'aimerais bien le connaître, bonnes gens. »

Dans l'arrondissement, *bonnes gens* exprime une tendre pitié. Comme ailleurs *peuchère*, ou *pécaïre*. Françoise, qui baissait la tête, la relève à cette goutte de rosée, examine le visage de la vieille femme où s'étale un sourire aussi large qu'un parapluie.

« Vous ne vous trompez pas, avoue-t-elle.

— Quel âge a-t-il, cet ange ?

— Oh ! ça n'est pas un ange ! Un petit diable, plutôt !

— Comment l'appelez-vous ?

— Guillaume.

— Non !

— Si, Guillaume. Ça ne vous plaît pas ? »

Mathilde a beau déguiser, elle ne peut s'empêcher de montrer sa déception :

« Ma foi non, ça me plaît guère.

— Qu'est-ce que vous lui reprochez, à Guillaume ?

— Comment, qu'est-ce que je lui reproche ? Après tous les pauvres garçons qu'il nous a tués !

— Guillaume ?

— Oui, Guillaume ! Avec ses moustaches comme des paratonnerres. Le kaiser.

— Le quésaire ? Qui c'est, ça, le quésaire ?

— On voit, ma pauvre, que vous êtes bien jeune ! Vous pouvez pas vous rappeler la guerre de Quatorze. Guillaume, l'empereur de la Bochie ! Tous ces noms que vous lisez sur nos monuments aux Morts, c'est lui qui les a gravés. »

Françoise rit. Elle explique que tout ça, ce sont de vieilles histoires. Archi-oubliées. Elle ne savait pas que l'empereur de la... comment vous dites ? La Bochie. Qu'est-ce que c'est, la Bochie ? L'Allemagne. Elle ne savait pas que cet empereur-là s'appelait Guillaume. Pour elle, Guillaume est un petit microbe qui mouille encore ses culottes. Mais pourquoi vous avez choisi Guillaume ? A cause de Guillaume Roméo. Qui est Guillaume Roméo ? Un acteur de cinéma. C'est son parrain ? Oh ! non ! Pas du tout ! Seulement, les vedettes, comme qui dirait, lancent la mode des prénoms. En tout cas, il n'est pas question d'introduire l'enfant au *Doux Repos,* à cause du scandale que ce serait. Une fille-mère, pensez donc !

« Si vous voulez, propose Françoise, venez chez moi dimanche prochain. Je vous le présenterai ! »

Elle rit encore. Elle secoue ses cheveux. Elle part en sautillant et ses estomacs sautent aussi dans son corsage.

Le dimanche, arrivent quelques visiteurs. Il n'y en a pas pour tout le monde. Ils apportent un paquet de gâteaux secs, ou une livre de raisin, ou deux tablettes de chocolat, du sucre, des cigarettes, du tabac à priser. Si la température le permet, ils entraînent dehors leur pantouflard, s'installent avec lui sur les bancs de plastique. Sinon, il faut rester dans les chambres. Comme les chaises manquent, ils s'assoient sur le lit. Ils se penchent vers le vieux ou la vieille et lui chuchotent de tout près ce qu'ils ont à dire, afin que les voisins ne profitent pas trop de la conversation ; leurs nez se touchent quasiment.

C'est ainsi que Mme Sauvagnat a reçu son fils, comptable principal à la S.N.C.F. Malgré ses efforts pour faire la sourde, Mathilde a tout entendu de ce qu'ils se sont envoyé dans les narines :

« Je te trouve bonne mine, disait le Clermontois. Vraiment bonne mine.

— Oh ! la mine ! Ça ne signifie pas grand-chose !

— Je te demande pardon ! Une bonne mine vaut mieux qu'une mauvaise. Et toi, tu en as une vraiment bonne. Il est visible qu'ici on vous traite bien.

— Question traitement, je ne me plains pas. Ta retraite, c'est pour quand ?

— Pour le premier avril de l'an prochain. Rien de changé.

— Rien de changé non plus... à mon sujet ?

— Qu'est-ce que tu entends par là ?

— Eh bien ! M'as-tu pas dit que tu voulais me prendre chez toi ? »

Et le comptable, d'un ton mou : « Non, non. Rien de changé. »

Puis il a déposé un paquet sur sa table de nuit. L'aveugle le palpait, en répétant fallait pas, fallait pas. Et lui, toujours comme au confessionnal :

« Tu la tremperas dans ton café au lait.

— Fallait pas ! Fallait pas !... Mais je veux que tu y goûtes un peu. Pour moi, ça fait trop.

— Mais non ! Ça se conserve !... Elle est au beurre !

— J'y tiens absolument ! Absolument ! »

Ses mains titubantes ont ouvert le papier, cherché un couteau dans le tiroir, tiré la lame, coupé une large tranche de la brioche. Même si Mathilde avait été aveugle aussi, elle aurait reconnu l'odeur. Honteusement, le comptable s'est mis à bâfrer, en tournant un dos rond et opaque à la voisine. Pas besoin de prendre tant de précautions, allez, nom de gueux ! Votre brioche, vous pouvez vous la mettre quelque part, si la bouche ne suffit pas ! Est-ce que je vous demande quelque chose ? Est-ce que j'ai l'air de la mendier ? Quand j'en voudrai, de la brioche, j'irai chez le boulanger d'Entraygues. Les deux Sauvagnat se sont donc bourrés sans rien lui offrir. Probablement pour lui faire entendre qu'elle était de trop, qu'ils ne l'avaient pas invitée. Ensuite, le fils s'est levé, s'est essuyé la bouche, a frotté ses joues contre celles de sa mère en faisant pch, pch, lui laissant croire ainsi qu'il l'embrassait ; et il est reparti. Elle a tenu à l'accompagner jusqu'au portail, accrochée à son bras.

Un autre dimanche, Mathilde est allée chez Françoise, comme convenu. Celle-ci habite derrière le bureau de poste — *Agence postale* — au fond d'un long corridor, dans une chambre, une cuisine et deux placards. Le lit de Guillaume est en fer et se plie comme un accordéon. On transporte ce meuble le lundi matin chez la grand-mère (celle qui a mangé la coucourle) ; il revient ici le samedi soir. On tire dessus, il s'allonge. Plus tu tires, plus il s'allonge. Guillaume est condamné à coucher dedans jusqu'à son service militaire.

Devant le drôlet, tout de suite Mathilde entre en extase comme si elle voyait l'Enfant Jésus :

« Oh ! le beau bébé ! Qu'il est mignon ! Quelle merveille du Ciel ! »

Françoise, rouge cette fois de plaisir, pousse le petit kaiser vers la vieille femme :

« Dis : Bonjour, Mathilde ! Et embrasse-la !

— Non, non ! proteste-t-elle, effrayée. Lui dites pas ça ! Il va se piquer !

— Se piquer ?

— Dans les temps, j'avais les joues douces comme des pommes. A présent, avec ma barbe, elles sont pareilles que du fil de fer barbelé. Mais moi, je vais l'embrasser, si vous voulez bien. »

Elle se penche, prend la tête de Guillaume entre ses bonnes mains un peu tremblantes, et le baise longuement sur les cheveux. Tout de suite, elle sait ce qu'il faut faire pour l'apprivoiser :

« Tu veux que je te raconte une histoire ?... Alors, viens sur mes genoux ! »

Et la voilà partie : tu dirais que de sa vie elle n'a fait autre chose. Le visage tourné vers elle, la bouche ouverte, l'enfant boit sa parole comme du sirop :

Pimperlou gardait ses biquettes,
Pimperlou était pastrassou.

« Mais ce berger était si minuscule que les jours de pluie il s'abritait sous une feuille de rave. Or voici qu'une fois une vache gourmande mange la feuille et, d'un coup de langue, avale Pimperlou en même temps. On le cherche partout, derrière les balais, au fond des sabots du dimanche, sous les armoires et le buffet :

« — Pimperlou ! Où es-tu ? Où te caches-tu ?

« Pas trace de Pimperlou. A force de fouiller, on entend venir de l'étable une voix pas plus grosse qu'un fil à coudre :

« — Je suis là, dans le ventre de la Clermonte !

« On ouvre la vache — sans trop lui faire de mal, juste comme on ouvre un tablier sur le devant — on va laver les boyaux à la rivière.

Soudain, passe un tourbillon qui entraîne le pauvre petit. Qu'est-ce que c'est, un tourbillon ? De l'eau qui tourne. Un peu plus tard, le loup vient boire et lape Pimperlou à son tour. Alors, quand la méchante bête s'approche des troupeaux avec l'idée d'attaquer une brebis, Pimperlou hurle de toutes ses forces :

« — Prends garde, pastrassou ! Le loup en veut à tes moutons !

« Les chiens accourent, et le loup doit se sauver, toujours emportant son ennemi dans son ventre :

« — Qu'as-tu à crier comme ça, bougre d'enragé ?

« — Hé ! Si tu n'es pas content, fais-moi sortir !

« C'est ce qui arrive au bout d'un moment. Le loup se coince entre deux arbres rapprochés, il force, il force et réussit à chasser son locataire. Comment ? Comme toi, pardi ! quand tu as avalé un noyau de cerise ! Pimperlou se débarbouille dans la rosée. Les jours suivants, il voyage encore sur l'échine d'un lièvre, puis sur celle d'un âne qui le ramène chez ses parents... Et après ? Après, c'est fini. Alors, sais-tu ce que je te conseille ? De jamais te cacher sous une feuille de rave quand il pleut. »

Françoise sort des tasses. Elles boivent le thé — comme les madames ! — en grignotant des petits fours et bavardant. Elles parlent de leurs familles. Mathilde raconte qu'elle n'a qu'un grand fils ; très occupé par ses affaires, dans le Midi ; elle ne s'attend pas à recevoir sa visite souvent. Françoise étale des photos sur la table :

« Moi, le jour de ma première communion...

Mon frère Alexandre... Ça, c'est un bon ami, pendant qu'il faisait son service militaire... Ma sœur Antoinette... Guillaume, à quatre pattes... Ça, c'est son père : il m'avait promis le mariage. Et voilà... Ici, un autre bon ami.

— Vous avez eu beaucoup de bons amis ?

— Oui. Je ne vaux pas cher !

— Ayayaye ! Qu'est-ce que vous allez dire ?

— La vérité !

— Je sais bien comment sont les hommes. Le meilleur vaut pas la corde pour le pendre ! »

Ensuite, elles passent en revue les autres pensionnaires du *Doux Repos*. Et patati et patata. Comme ça pendant deux heures d'horloge.

Quand elle se décide à partir, Mathilde met la main à la poche de son tablier, en sort un boursicot.

« Je suis venue les mains vides, explique-t-elle. Vous m'avez fait un grand plaisir de me recevoir chez vous et de me montrer votre petit. Je vous en ai bien de la reconnaissance. Alors, maintenant, si vous voulez me faire un autre plaisir, vous allez accepter ça... »

Et elle veut placer dans la main de Françoise deux billets de mille, tellement pliés en quatre et en huit qu'ils ne semblent pas plus larges que des timbres-poste. Françoise pousse un cri :

« Vous voulez rire, Mathilde !

— Non, non ! Faut absolument que vous les preniez !

— Jamais de la vie ! Gardez-les pour vous ! Vous en avez plus besoin que moi !

— Qu'est-ce que vous en savez ? Est-ce que

vous connaissez le compte de ma fortune ? Peut-être que je suis millionnaire !

— Et moi, peut-être que je suis Mireille Mathieu !

— D'ailleurs, cet argent n'est pas pour vous, mais pour votre fils. Vous le placerez sur son livret de Caisse d'Epargne.

— Il en a pas.

— Bonne occasion de lui en offrir un. Vous avez pas le droit de le refuser !

— Dans ces conditions… »

Elles s'embrassent. Malgré les barbelés. Puis Mathilde s'en va, frétillante comme un gardon. Jamais de sa vie elle n'a usé en deux heures tant de salive. Quand elle rentre à Saint-Paul, elle file tout droit devant la glace du lavabo, et se tire la langue, pour constater si elle pèle ou non.

6

Tous les mardis et tous les vendredis soir, Mathilde retourne à la chapelle. Elle le fait pour le plaisir d'être en la compagnie du bon Dieu, beaucoup plus que pour l'amour des sermons. Car l'abbé continue de les entretenir de la pluie et du beau temps. On dirait qu'il a peur d'impressionner ces vieillards en traitant le seul sujet qui devrait à présent les intéresser : la mort et la vie éternelle. Heureusement, après une heure de cancans divers, on récite des prières. Encore sont-elles gâtées par cette sale qui s'assoit au fond, près de la porte, et choisit toujours ces minutes pour lâcher des pets de jument. On se demande le plaisir qu'elle trouve à venir à la chapelle dans cette intention. Mathilde croit l'avoir identifiée : une grande maigre, qui ricane tout le temps, avec des yeux noirs comme le péché. L'aumônier fait le sourd ; mais quelques paroissiennes poussent des rires pointus ; ce qui encourage l'artiste à répéter ses exercices. Faut croire qu'elle met tout son esprit là, et qu'elle n'a rien d'autre à dire.

Pour varier les plaisirs, Mathilde s'est aussi laissé inviter à une séance de télévision par sa voisine, Mme Valade. Celle-ci distrait par ce moyen ses innombrables douleurs.

« Dépêchons-nous, fait-elle dès la sortie du réfectoire, si nous voulons avoir une bonne place. »

La salle se tient au rez-de-chaussée, non loin de la chapelle ; elle attire beaucoup plus de monde. Le tabac y est interdit ; mais il y a toujours quelque vieux pipeur qui ne peut se retenir d'allumer une cigarette.

« Eteignez ! Eteignez ! lui crie-t-on. La fumée empêche de voir. »

Il accepte difficilement ce sacrifice, faut lui corner dans les oreilles.

Mme Valade fait asseoir Mathilde près d'elle. Depuis le temps que j'entends parler de cette télévision, je vais voir enfin à quoi ça ressemble. Pour le moment, l'écran montre un ours et une poule en grande conversation. Seulement, on ne comprend rien à ce qu'ils se racontent, parce que, dans la salle, tout le monde jacasse à la fois. De temps en temps, l'ours secoue son gros ventre et fait : « Ho, ho, ho, ho, ho !... » Ce qui doit être sa manière de rire. Ensuite, viennent les informations, le temps qu'il fera demain. Derrière la personne qui cause, on aperçoit le puy de Dôme en peinture. Facile à reconnaître, avec ce crayon qu'il tient en équilibre sur la tête.

« Maintenant, dit la Valade, ça va-t-être le feuilleton. Faut que je vous raconte un peu le début, pour que vous compreniez. C'est une fille de la haute. Elle en pince pour un garçon qu'elle a failli tamponner en voiture, et elle veut l'épouser. Mais les parents d'elle s'y opposent vu que lui est jockey sur un champ de courses, et que c'est une profession qu'ils considèrent pas des tas. Le frère de Jacqueline intervient. Il voudrait bien la voir disparaître de la circulation, à cause de l'héritage. Il envoie des lettres anonymes au maire. Sa bonne amie achète un fusil, on se demande pour quoi faire. Et tout par un coup voilà qu'on trouve le jockey estourbi. Mort, si vous préférez. Son patron, qui est un planteur de café je sais pas où, paye un policier pour chercher l'assassin. Ou l'assassine. Et puis voilà que quelqu'un s'amuse à tuer ses chevaux, malgré la surveillance d'un vieux boiteux qui a d'ailleurs qu'un œil, l'autre est en verre... »

A mesure que se déroule ce résumé, Mathilde sent sa tête qui enfle. Où prennent-ils toutes ces histoires ? Est-ce qu'y en a pas assez dans le monde sans qu'il soit besoin d'en inventer d'autres ?

« Taisez-vous, bande de blagandes ! crie Mme Valade. Voilà le feuilleton ! »

Rentiers et rentières mettent une sourdine à leurs conversations. Le téléviseur reprend la parole. Mathilde écarquille les yeux, essaye de reconnaître les personnages. Pour l'aider, sa voisine les lui présente au fur et à mesure :

« Ça, c'est le patron. Ça, c'est Jacqueline à cheval. Ça, c'est l'assassin...

— Mais non, proteste une autre pantouflarde, c'est l'inspecteur.

— L'inspecteur, ça ? Allons donc ! Moi, je vous dis que c'est l'assassin. Vous avez pas vu la tête qu'il a ? Le petit qui court en boitant, c'est le boiteux.

— Taisez-vous donc !

— Ma voisine est nouvelle ! Faut bien que j'y explique ! »

Mais Mathilde n'a plus besoin d'explications. Ces gens qui se pressent là-bas, derrière la vitre bleutée, qui marchent, se poursuivent, s'embrassent, montent des escaliers, tous lui donnent le tournis. Les yeux lui picotent comme dans la fumée. La télévision... Oui, oui, ces antennes qui étrillent les nuages. Et le crayon au sommet du puy de Dôme. Maintenant, elle sait en quoi cela consiste. Pour cette invention-là, elle ne fera jamais de folie. Ce qu'il y a de bien, c'est qu'on est ensemble, qu'on a chaud, comme les vaches dans l'étable. Avec les jacassements en plus : et barbouilli, et barbouilla.

« Hé ! crie la Valade, en la piquant du coude. Réveillez-vous ! Maintenant, va y avoir Guy Lux !

— Non ! Mettez la troisième ! Y a Jean Gabin !

— Vous nous les cassez ! On a la première ! Et la première restera !

— Ecoutez cette commandante ! Le poste vous appartient, peut-être ? Y a jamais moyen de faire entendre sa voix !

— Vous vous en privez bien ! »

Franchement, j'aime mieux les vaches. Elles, du moins, se supportent. Il y en avait quatre chez mon père, comme chez Pimperlou. Et une s'appelait réellement Clermonte. On avait pris la capitale du département pour en faire un nom de bête. Et de même certaines s'appelaient Parise, Lyonne, Romaine. Beaux noms qui allaient bien à ces vaches aussi fières que des reines.

« Réveillez-vous, bon sang ! Vous êtes encore partie ? Quand on est dans le lit, on dort. Quand on est à la télé, on regarde.

— Pouèèèèèh !

— Quoi, pouèh ?

— Tous ces barbus !

— Vous craignez les barbus ?

— Ils font peur. Je suis sûre qu'ils ont des poux.

— Faudra vous y habituer : c'est la mode.

— Les poux ?

— Savoir si vous allez la fermer, là derrière ?

— On la fermera si on veut, grande malhonnête !

— C'est pas la peine d'avoir une télévision pour rien entendre !

— Ma foi, madame Valade, je crois bien que ça me suffit pour aujourd'hui. Je reviendrai une autre fois.

— Comme vous voudrez ! »

Ces barbus ! Ces chevelus ! Des Juifs Errants ! Pourvu qu'ils te flanquent pas des cauchemars, cette nuit ! Ah ! Vous n'êtes pas près de me reprendre, madame Valade !... Ouf ! L'air sans fumée ! Ouf ! La chambre de Saint-Paul ! Le bon visage du pauvre Pierre, dans son cadre métallique. Tel qu'elle le porte aussi dans son cœur. Le lit qui s'affaisse sous sa charge. La couverture jusqu'au nez. Que le diable emporte les barbus !

Dans le hall d'honneur, un grand meuble vitré s'offre à la vue des visiteurs : la bibliothèque. Elle contient au moins deux cents volumes : des jaunes, des rouges, des blancs, des noirs, des gros, des petits. Un écriteau manuscrit précise : *Pour l'emprunt des ouvrages, s'adresser à Mme Spagnoli au secrétariat.* Mme Spagnoli est une personne constamment plongée dans les calculs. Si par hasard quelqu'un lui adresse la parole, elle secoue la tête en remuant les lèvres ; et s'il insiste :

« Laissez-moi finir mon addition, tout de même ! »

Alors, il va de soi que, pour ce qui est des livres, personne n'a le courage de la déranger. En fait, ils ne sont pas destinés à l'usage des pantouflards, mais aux regards des familles.

Pour sa part, Mathilde Dutheil ne manque pas de lecture. Françoise la comble de journaux et de revues. Même s'ils ne sont pas de la dernière fraîcheur, ils apportent des nouvelles du monde : ce qui se dit, ce qui se fait, ce qui se porte, ce qui se mange. Quand elle les a épuisés, à son tour elle en fait don à quelque autre pensionnaire encore capable de lire. Cependant, elle doit reconnaître une chose : le monde l'intéresse de moins en moins. Elle a l'impression qu'il s'éloigne d'elle, un peu chaque jour, emporté sur un grand bateau, vers un horizon inconnu. Tandis qu'elle reste sur la rive. Et là-bas, aucun mouchoir ne s'agite pour elle.

Or voici qu'un jour, à la troisième semaine de sa vie au *Doux Repos,* elle s'aperçoit de son erreur.

Françoise arriva tout excitée :

« Quelqu'un vous demande, Mathilde !

— Moi ? Quelqu'un ? C'est sûrement une erreur.

— Oui, vous ! Un homme, avec un petit garçon.

— Un homme ?... Un petit garçon ?... Pas possible ! Mon Dieu ! Si c'était...

— Je vous les amène ici ?

— Naturellement. »

Ton fils ? Se serait-il marié sans t'avertir ? Aurait-il eu un enfant ? Mais non ! Mais non ! Tu te le figures ! Ne va pas te monter la tête. Pourquoi reviendrait-il après tant d'années de silence ? Mathilde, méfie-toi de la figuration !

Et la jumelle avait raison de lui donner d'aussi sages avertissements. Car, lorsque les deux visiteurs se trouvèrent devant elle, rougeauds, embarrassés, leur casquette à la main, elle ne reconnut ni l'un ni l'autre.

« Bonjour, tante, fit le plus grand.

— Vraiment, je ne... vous remets pas. »

Et lui, avec un sourire niais :

— Faut dire qu'on s'est pas vu bien souvent... Jean-Claude... Jean-Claude Membrun. Le fils de votre frère Benoît, de Randan. »

Elle leva les bras au ciel, puis les lui jeta autour du cou :

« Mon neuveu Membrun ! Jean-Claude ! Qui est venu me voir ! Eh bien ! Eh bien ! Ça, c'est une belle surprise ! Si je m'attendais à celle-là ! Et ce petit garçon est ton fils ?

— Oui. Il s'appelle Jeannot. Embrasse la vieille tata Mathilde, Jeannot.

— Et ta femme, tu l'as pas amenée ! Tu en as bien une, je suppose ?

— Elle a pas osé.

— Pas osé ? Elle a donc peur de moi ?

— Ben, elle vous connaît pas. Mais elle viendra un autre jour... Tenez, je vous ai apporté un petit quèque chose. »

Il tira de sa poche un paquet de biscuits. Le cadeau traditionnel.

« Fallait pas te déranger. Ici, j'ai ce qu'il faut.

— Oui. Vous avez l'air bien installée. »

Il désignait de la main le lit étroit, la table de nuit, le crucifix épinglé au mur. Elle leur avança les deux chaises disponibles, la sienne et celle de Mme Sauvagnat :

« Asseyez-vous donc.

— Et puis, ajouta-t-il de même que tous les visiteurs (ça leur faisait vraiment chaud au cœur de constater que leurs chers vieillards jouissaient de toutes les commodités possibles, qu'il n'y avait aucun souci à se faire pour eux), je vous trouve bonne mine. Vous devez être bien nourrie.

— Je me plains pas.

— Bien chauffée aussi ?

— Oui, oui. Le chauffage central, s'il te plaît ! Dès les premiers froids, crac ! on l'allume.

— Beaucoup voudraient être à votre place.

— Sûrement, sûrement. Parle-moi un peu de toi, et de ta famille. Comment va ma belle-sœur Joséphine, à Randan ?

— Elle se fait vieille, elle aussi. Et puis, dévorée par les douleurs. Huit mois de l'an, elle quitte pas le coin du feu. Y a quatre ans, elle s'est cassé une patte en descendant l'escalier. Lui a fallu six mois pour se remettre. Et depuis, elle boite.

— Pauvre Joséphine ! Quel âge ça lui fait, à présent ?

— Heu... ben... je sais pas trop. Dans les soixante-dix, soixante-quinze.

— Attends. C'est simple : elle a cinq ans de moins que moi. Donc, soixante-seize.

— C'est bien ce que je disais.

— Et toi, maintenant ?

— Trente-cinq. Je travaille à la briqueterie de Billom. Ma mère m'a appris que vous étiez à Entraygues. Alors, je suis venu vous voir. C'est pas très loin de chez moi : vingt kilomètres, à peu près. J'ai une voiture. Une Deux-Chevaux.

— Une voiture, nom de gueux ! Tu dois gagner de bons mois !

— Pas trop. Il en faut tellement pour vivre !

— Tu gagnes pas trop et tu as une voiture ?

— Aujourd'hui, tout le monde a la sienne. Même les plus misérables. Je l'ai achetée d'occasion.

— Qu'est-ce que tu fais, au juste, à Billom ?

— Ben, je vous l'ai dit : des briques.

— Et tu aimes ce travail ?

— Je surveille la cuisson. On chauffe les fours au mazout, comme les boulangers, en somme.

— Et ça te plaît ?

— Ça me plairait mieux si je gagnais davantage.

— Alors, si je comprends bien, tu fais un travail que tu aimes pas beaucoup, et qui te rapporte guère. Mais alors, pourquoi es-tu parti de Randan ? »

Et lui, avec une grimace expressive : « Oh ! vous savez ! La terre !

— La terre, la terre ! Et tes briques, elles sont pas en terre ?

— Pas le même genre de terre. Et puis, là-bas, y avait mon frère Gaston qui a toujours eu du goût pour la culture. Alors, je lui ai cédé la place. On pouvait pas tous vivre dans le même trou, comme des rats. »

Tout cela se débitait en présence de Mme Sauvagnat, qui restait muette au bord de son lit, mais écoutait attentivement, en ayant l'air de compter ses doigts. Sans parler des autres voisines, derrière les cloisons : elles devaient aussi en prendre leur part. C'était ainsi, on n'y pouvait rien. Les six de Saint-Paul se trouvaient condamnées à tout faire ensemble. Mathilde posa des questions sur le petit. Allait-il à l'école ? Réussissait-il bien ? Et pendant qu'ils parlaient, elle examinait ce neveu et cet arrière-neveu qui lui tombaient des nuages, au bon moment, pour diminuer un peu sa solitude. Faut-il que la Sainte Vierge soit bonne pour toi ! Ce qui se décide là-haut, les orages, les maladies, les guerres, les accidents de toutes sortes, il est bien sûr qu'elle n'y est pour rien. Ce n'est pas elle qui décide. Les hommes ont toujours porté les pantalons, même dans le Ciel. Mais ensuite, elle intervient pour soigner les plaies, raccommoder les pots cassés, secourir les victimes. Ainsi, au moment de ton veuvage, rappelle-toi, Mathilde : elle t'a donné la compagnie du Peyroux, et de tout ce brave monde du voisinage. Quand ton fils est parti pour ne plus revenir, elle t'a donné l'amitié de Vatelequerre et de Victor Dassaud. Quand tu as eu ta fièvre cérébrale, elle t'a envoyé en guise d'infirmière l'Annette de chez Frompy. Sans elle, y a bien longtemps que tu examinerais les pâquerettes par-dessous. A présent, elle te regarde, elle se dit : « Y a cette pauvre couraude de Mathilde Dutheil qui peut plus courir, justement, comme elle avait l'habitude. Et qui, au milieu de tous ces rentiers et rentières, se sent aussi malheureuse qu'un crapaud sous une herse. » Et elle t'expédie ces beaux neveux que tu te connaissais pas, pour ainsi dire. Ce soir, tu pourras la remercier !

En attendant, elle les écoutait de toutes ses oreilles, elle les mangeait des yeux. Jean-Claude était un homme robuste, les cheveux solidement plantés sur la tête, le nez rouge et brillant, les dents larges, un peu jaunes, le menton partagé d'une fossette. A qui ressemble-t-il ? A ton pauvre frère ? Non : à la Joséphine, plutôt. Ce menton, principalement. Et ces yeux ronds comme deux lunes. Le nez m'inquiète : je me demande s'il a pas un peu de goût pour la bouteille. A moins que ce soit l'habitude du four ; la chaleur qui cuit les briques peut bien lui avoir cuit le nez ; il devrait moins l'approcher, ça lui donnera un jour mauvaise façon.

Jeannot avait également hérité du menton fendu. Chaque fois qu'on le regardait, il souriait, mais d'un sourire mécanique, un peu niais, qui n'exprimait pas la joie. Au bout d'un moment, Mathilde s'en trouva gênée. Qu'est-ce qu'il a, ce petit, à sourire tout le temps comme ça ? C'est pas normal devant une vieille guenon de ton espèce. Il devrait plutôt se sentir gêné. Faut croire que tu lui plais. Mais non, il sourit même à la Sauvagnat. Est-ce qu'elle lui plaît aussi ? Il sourit aux mouches. Ça doit être une sorte de tic. Vlan ! Il sourit encore ! En somme, il n'a qu'un sourire, mais qui dure tout le temps. Faudrait sans doute le faire voir à un médecin. On en reparlera plus tard. En revanche, quand on l'interrogeait, il n'ouvrait guère la bouche. Il se contentait de secouer la tête pour dire oui ou non. Mathilde se fit des reproches : tu n'as pas même un bonbon à lui offrir ! Sauf des pastilles de Vichy. Dorénavant, arrange-toi pour ne jamais en manquer, en cas de besoin.

La visite dura ainsi presque deux heures. Quand les Membrun manifestèrent l'intention de partir :

« Quel bon après-midi vous m'avez fait passer ! s'écria la vieille tante. J'espère que vous reviendrez de temps en temps, puisque vous avez une automobile.

— Oui, oui, soyez tranquille, on reviendra.

— Embrasse bien ta femme pour moi, en attendant que je fasse un jour sa connaissance. Et aussi ma belle-sœur Joséphine. Et ton frère Gaston. Et ta sœur Jeanne. N'oublie personne.

— J'y manquerai pas.

— Et maintenant, je vous accompagne un bout de chemin. »

Elle marcha, toute dandinante, à leur côté. Ils traversèrent la place, remplie de voitures.

« Voici la mienne, fit le briquetier, la désignant du doigt.

— Attends ! Je veux vous amener quelque part. Suivez-moi. »

Ils obéirent. Jeannot souriait. Ils allèrent jusqu'à la boulangerie-pâtisserie, derrière l'église.

« Donnez un beau gâteau à cet enfant, commanda-t-elle. Choisis-le toi-même, mon mignon... Et aussi un sachet de bonbons. Et un second pour moi, que j'emporterai. »

Puis, s'adressant au père :

« Prends quelque chose, toi aussi.

— Oh ! moi ! Les gâteaux !... J'aimerais mieux un canon. »

Quand ils furent revenus à la Deux-Chevaux, elle prit un billet dans son boursicot, et l'avança vers la main de Jean-Claude :

« C'est pour boire ce canon dont tu as envie. Pardonne-moi de pas t'accompagner au café. »

Il feignit des scrupules :

« Vous croyez que je dois accepter ?

— Bien sûr, puisque je te le donne de bon cœur !

— Alors, je dis pas non. Il en faut tellement pour vivre !

— Seulement, attention ! T'approche pas tant du four, quand tu cuis tes briques. Je trouve qu'il te rougit le nez.

— D'accord, j'y prendrai garde. »

Ils s'embrassèrent. Puis, les deux Membrun s'installèrent dans la voiture et démarrèrent en agitant les bras. Mathilde resta sur place jusqu'à ce qu'ils eussent disparu.

Elle s'en revenait vers le *Doux Repos*, le sachet de caramels dans sa poche, quand elle se crut suivie par un troupeau de canards. Elle se retourne, et qu'est-ce qu'elle voit ? Trois gamins d'Entraygues, un clair, un brun, un fauve. Comme trois marrons inégalement mûrs. Alignés en procession, ils avancent en tanguant sur leurs hanches, la regardent d'un air effronté et poussent à pleine gorge des « coin ! coin ! coin ! » Pour mieux se faire comprendre, le rouquin s'appuie sur une baguette. Et tous ensemble :

« Coin ! Coin ! Coin ! »

Nom de gueux ! Dirait-on pas qu'ils sont en train de te copier ? Elle lève son bâton :

« Allez-vous-en, petits mauvais sujets ! A-t-on idée de copier le monde comme ça ? Vous avez-t-y envie que j'aille vous dénoncer aux gendarmes ? »

Ils s'écartent légèrement, mais vont se remettre en file un peu plus loin, toujours imitant sans vergogne la pauvre vieille cane qui a osé sortir de sa basse-cour :

« Coin ! Coin ! Coin !

— Vous en foutrai, moi, du coin-coin-coin ! Bande de malappris ! Galapiats ! Vauriens ! »

Ça les fait crever de rire. Et cancaner de plus belle. Et même, se faufilant entre les voitures, ils osent se rapprocher, tandis que Mathilde reprend sa marche dandinante. Bientôt, elle les sent de nouveau sur ses talons. Alors, elle change de tactique. La voilà qui soudain leur fait face, sans un mot. Eux s'arrêtent pareillement, interdits, prêts à détaler. Un long moment, ils s'examinent. Puis, doucement, la vieille cane porte la main à sa poche, en tire le sachet de caramels (elle les destinait au petit kaiser), le déchire de ses mains cahotantes, le tend vers eux :

« Tenez, drôlets ! Prenez quand même un bonbon ! »

Pas si bêtes ! Ils flairent un piège grossier. Le

coup du lard dans la souricière ! Mais eux ne se laisseront pas pincer comme des souris. Tout de même, ces bonbons, c'est bien tentant. Ils les aperçoivent par transparence, dans leurs papillotes multicolores. Sans dire oui ni non, ils demeurent immobiles. Elle devine leurs craintes :

« Vous avez peur que je vous attrape, hein ? »

Alors, elle puise dans le sac de cellophane, leur jette à la figure les caramels enveloppés. Tout d'abord, ils reculent, comme si elle lançait des cailloux. Ensuite, le plus audacieux se baisse, puis les deux autres.

« Y en a deux chacun ! » qu'elle crie.

Déjà, ils mastiquent en la regardant. Sans chercher à comprendre les raisons de cette générosité. Avec l'espoir visible qu'il en pleuvra d'autres.

« Surtout, vous écorchez pas la langue à dire merci ! »

Cela n'entre pas dans leurs intentions. Ils ont la bouche pleine. Alors, elle hausse les épaules et se remet en route vers sa basse-cour. Au bout de quelques pas, elle entend les « coin ! coin ! coin ! » qui recommencent.

7

DEPUIS des semaines, Mauricette bassinait l'aumônier Crépin :

« Quand est-ce qu'on baptise mon dernier, monsieur le Curé ? »

Et lui, qui connaissait la paroissienne :

« Pourquoi voulez-vous, Mauricette, qu'on baptise celui-là plus que les autres ?

— Justement, les autres, vous me disiez : Attendons qu'on soit à cinquante, et on les baptisera tous ensemble. Y a joliment longtemps que les cinquante sont dépassés ! Et toujours pas de baptême. Faut croire qu'elle vous coûte cher, votre eau bénite !

— A combien donc en êtes-vous ?

— D'après mes calculs, Georges a le numéro soixante-quinze. Alors, qu'est-ce que vous attendez ?

— Peut-être on pourrait aller jusqu'à vingt mille, comme pour Clovis et ses guerriers. Je ferais mon petit saint Remi !

— Vingt mille. Vous voulez rire ! Où c'est-y que je les mettrais ?

— Bien sûr, ça poserait un problème de logement. Mais soixante-quinze parrains, soixante-quinze marraines, ça sera aussi difficile à trouver.

— J'ai écrit à Tompidou. Il m'a pas répondu. Il doit pas répondre aux filles mères.

— Et les dragées ? Avez-vous pensé aux dragées, Mauricette ? »

Ainsi, subtilement, sans qu'elle le sentît, il se moquait d'elle. Sans doute parce qu'il n'osait pas lui dire non. La fois d'après, elle revenait à la charge :

« Alors, ce baptême de Georges, c'est pour quand ?... Si vous me baptisez celui-là, les autres, j'y renonce, monsieur le Curé... Mais si vous refusez, je penserai que vous êtes pas un bon chrétien. Vous pouvez croire que je vous ferai pas de réclame ! »

A la fin, ne sachant plus quelles raisons avancer, pris de remords, sans doute aussi, pour cette comédie qu'il jouait depuis si longtemps :

« Amenez-moi, lui dit-il, un parrain et une marraine consentants, et je vous le baptise dans toutes les règles de l'art. »

Voilà donc Mauricette en quête du compère et de la commère, implorant l'un, implorant l'autre. Tous trouvaient de bonnes raisons pour refuser :

« Je suis trop vieille... Je suis sourd... J'ai pas d'argent à jeter par la fenêtre... J'ai des douleurs dans les genoux, ça m'empêche de m'agenouiller... »

Seul Lulu accepta le titre et les responsabilités, après avoir précisé ses exigences :

« Parrain ? Je ne dis pas non. Qu'est-ce qu'on gagne ?

— Y aura à boire, à manger et à fumer.

— Je marche. »

Mauricette pouvait se permettre de telles promesses. Elle était la sœur d'un gros marchand de bois de Chabreloche, qui l'avait jetée au *Doux Repos* comme on jette à la poubelle une patate tarée ; tirant profit d'un héritage commun, il prenait en charge ses frais d'hébergement, y ajoutait quelque menue monnaie pour l'achat et l'entretien de ses poupées, à la condition expresse de n'entendre jamais parler d'elle, de ne recevoir de ses nouvelles que sous la forme de factures et de quittances.

Une pantouflarde, enfin — l'éternelle quémandeuse de sucre ; on lui en promit six morceaux — voulut bien servir de marraine. Un lieu, une date, une heure furent choisis : la chapelle, le premier mardi de décembre, l'après-midi.

Durant les semaines d'attente, l'heureuse maman lança ses invitations aux rentiers et rentières. Beaucoup l'accueillirent avec faveur, se promettant pour ce jour-là une belle partie de rigolade. L'économat ne refusa pas son concours : un réfectoire serait mis à la disposition de l'arrosage traditionnel ; il fournirait, à des prix avantageux, le vin, la limonade, les gâteaux secs, payables sur le dépôt du marchand de bois. Mathilde se trouva invitée comme les autres :

« Dans la chapelle, tel jour, telle heure, précisa Mauricette. Et y aura l'aumônier. Il me l'a promis.

— Oui, oui, sûrement, fit Mathilde en riant sous cape. Peut-être aussi le président de la République ?

— Celui-là, non, il m'a pas répondu. J'ai choisi un autre parrain.

— Comptez sur moi, j'y serai ! »

Lorsqu'elle revit l'abbé Crépin, elle ne put s'empêcher de lui rapporter les paroles et les projets de la gaillarde :

« Ce qu'il y a de drôle, monsieur le Curé, c'est qu'elle raconte partout que vous la recevrez à la chapelle avec son mannequin, et que vous avez promis de venir !

— Elle a raison, pour une fois : je veux lui faire ce plaisir. »

Et elle, indignée : « Vous n'allez pas me dire que vous avez l'intention de jouer la comédie dans la maison du bon Dieu, et de baptiser à l'eau sainte sa marotte ?

— Pas tout à fait, pas tout à fait, ma bonne madame Dutheil. Il ne s'agira pas en effet d'un véritable baptême. Je me contenterai de le bénir.

— De le bénir ? Son guignol ?

— Pourquoi pas ? J'ai béni toutes sortes de choses dans ma vie : des maisons, des outils, des champs, des médailles, des bonbons (je parle de ces branches de buis, ornées par les enfants, qu'ils me présentent le dimanche des Rameaux). Pourquoi ne bénirais-je pas une poupée Si cela peut apporter un peu de joie à une malade !

— Tout de même, tout de même ! »

Elle s'en alla mécontente. Quand elle fut sur le chemin, toutefois, la jumelle lui reprocha son intransigeance. De quoi tu te mêles ? Voilà qu'à présent tu veux donner des leçons au curé, vieille blagande ? Tu veux lui apprendre son métier ? Ah ! là ! là ! Tu deviens de plus en plus insupportable, ma pauvre ! Tu sais bien que tout change, de nos jours. Que la messe se chante en français, que les curés portent des pantalons, que les fidèles tripotent l'hostie avec leurs doigts. Alors, pourquoi te tracasses-tu si l'on bénit un guignol ? Occupe-toi de tes guenilles.

Le premier mardi de décembre, dès l'aube, Mauricette endossa toutes ses fanfreluches.

« C'est un peu tôt ! lui disaient ses intimes. Le baptême est prévu pour l'après-midi seulement.

— Moi, je veux être de fête toute la journée. C'est pas de trop. Et encore, j'ai pas mis ma bijouterie ! »

Un vent d'allégresse soufflait dans toute la maison : depuis que ses murailles étaient sorties de terre (dix ans plus tôt les récentes, deux ou trois cents ans les anciennes), c'était sans doute la première fois qu'on se préparait à célébrer un baptême parmi ses locataires. On aurait aimé un carillon de cloches ; mais la chapelle n'en comportait pas.

« Un baptême sans cloches, se lamenta le parrain, ça fait vraiment trop triste. La Bistouille, va chercher ton clairon ! »

La Bistouille avait dû tellement souffler dedans, au cours de sa vie, que les yeux lui sortaient de la tête, prêts à tomber. Une tête avec un nez de canard qui lui donnait, au sommet de son cou immense, la silhouette d'un parapluie fermé. Il s'ouvrit, se précipita vers le pavillon des hommes, revint avec l'instrument rutilant.

« Joue-nous quelque chose de religieux, demanda Lulu.

— De religieux ? Je connais rien de religieux.

— Alors, joue-nous ce que tu sais. »

Il empoigna le clairon par le corps, fit voltiger les pompons, serra les lèvres en fente de tirelire, les lubrifia de la langue, gonfla la poitrine, devint tout rouge, puis exécuta *L'as-tu vue, la casquette, la casquette ?* A ces notes glorieuses, les pantouflards accoururent de tous côtés. La plupart avaient chaussé des souliers et revêtu leurs meilleurs habits. L'un d'eux, cependant, appelé Lipovitch, descendit en pyjama : il ne voulait rien changer à ses habitudes. On applaudit La Bistouille, qui joua un autre morceau dont les anciens militaires, autour de lui, fredonnaient les paroles :

La France est notre mère,
C'est elle qui nous nourrit,
Avec des pomm' de terre
Et des fayots pourris.

Nouvelles ovations. Alors, parut l'heureuse maman, Mauricette, adornée comme une madone, cliquetante de pendeloques, de broches, de bracelets, de boucles d'oreilles, de médailles, de colliers de bois. Elle portait dans le creux du bras gauche le dénommé Georges, noyé sous les dentelles. Les cantinières se penchèrent sur lui, poussèrent des exclamations, tandis que, pour saluer la mère et l'enfant, La Bistouille exécutait *la Cantinière a du poil aux genoux*.

Tout ce monde se pressait devant la chapelle dont les portes demeuraient fermées ; il ne manquait plus que l'abbé Crépin. Les invités sains d'esprit faisaient marcher Mauricette, poussant des gloussements à ses réponses :

« J'espère que ce mignon ne vous empêche pas de dormir la nuit ?

— Oh ! Pas du tout ! Il se réveille une seule fois, pour sa tétée de 11 heures, et aussi sec, il roupille.

— Vous n'avez pas amené ses frères et sœurs ?

— Non, pasqu'on les a vaccinés, et qu'ils ont de la température.

— Et que comptez-vous faire de ce gros garçon, plus tard ?

— Je sais pas bien encore. Mais sûrement un inteltuel.

— Un intellectuel ?

— Oui, un inteltuel. Ça gagne davantage et ça se fatigue moins. Peut-être un curé, pareil que notre aumônier. Comme inteltuel, y a pas au-dessus. En attendant, l'abbé est en retard. Il avait dit : 3 heures. Quelle heure qu'il est ?

— 3 heures moins 10.

— Vous voyez bien ! Déjà dix minutes de retard ! »

Lulu, le parrain, disposa les invités par paires et, pour les empêcher de se refroidir, les fit processionner autour du jardin, derrière La Bistouille qui continuait sa fanfare. Après ce premier circuit, il y en eut un second, puis un troisième. Du seuil de Saint-Paul, Mathilde assistait à ce cirque. Aux fenêtres, d'autres pensionnaires regardaient de même. En queue du cortège roulait dans sa voiturette Charvillat, qui avait les deux jambes coupées aux genoux, et se moquait lui-même de son infirmité chaque fois qu'on lui demandait son nom :

« Comment vous appelez-vous ?

— Icharvalha. (*C'est-à-dire : Abîmé.*)

— Icharvalha ?

— Non, pardon, je me trompe. Je veux dire : Charvillat. »

Si bien que, comme il semblait le souhaiter, personne ne le désignait autrement que par ce sobriquet.

Après le troisième tour, on prit un moment de repos.

« Je boirais bien un coup », fit La Bistouille.

Et Lulu : « Après ! Après la cérémonie. »

Pour faire patienter son monde, il tira de sa poche un paquet de dragées en vrac, achetées au nom de la famille, et se mit à les distribuer parcimonieusement.

« Une par tête ! Formez le cercle ! Et pas de resquille ! »

Obéissants, les rentiers tendirent une main. Dans chacune, le parrain déposait une dragée blanche ou bleue, que le vieux recevait avec autant de dévotion que la sainte hostie, dont il régalait longtemps ses yeux, qu'il élevait ensuite en douceur vers sa bouche, déposait sur sa langue pointue.

A 3 heures et demie, toujours pas d'aumônier. Alors, Mauricette s'écroula sur un banc et se paya une crise de nerfs. Les larmes jaillissaient de sa figure et atterrissaient sur ses genoux, rondes, lourdes, serrées comme des petits pois.

« Il viendra pas ! Il viendra pas ! Il s'est moqué de nous !

— Vous savez, intervint le cul-de-jatte, on peut très bien faire un baptême sans curé ! Suffit de dire : je te baptise au nom du Père, du Fils et du Saint-Esprit. N'importe qui. Je me propose, si vous voulez.

— Non, non, non ! Un baptême sans curé est un baptême de chien !

— Elle a raison, clama le chœur des processionnaires. Qu'est-ce que c'est que ce curé qui promet, et qui ne tient pas ?

— Est-ce qu'on ira boire quand même ? s'enquit La Bistouille.

— Le voilà !... Le voilà ! »

En effet, l'abbé Crépin arrivait, tout courant, tout suant, tout soufflant. Excusez-moi ! Des ennuis mécaniques ! Il était temps ! On allait venir vous chercher, dans votre église, et vous sonner les cloches ! Bon, qu'est-ce que j'ai fait de la clé, maintenant ? Je crois bien que je l'ai laissée dans ma voiture. Ah ! la voici ! Quelles émotions vous nous donnez ! Vous voulez notre mort, ou quoi ?

Les portes furent enfin ouvertes. On se bouscula pour entrer. Mathilde vint aussi, quoique se disant : Grande curieuse ! Crois-tu qu'ils ne joueront pas sans toi leur guignolerie ? Justement, je veux voir ce qu'ils oseront faire. La Bistouille se tenait au garde-à-vous près de cet autel qui ressemblait à une caisse à savon, son clairon à la main, prêt à jouer le *Salut au drapeau*. Le chœur échangeait des chuchotements. Vous avez remarqué ? Pas de fonts baptismaux ! On ne les a pas prévus. Comment qu'il va faire ? Peut-être sur le bénitier. Pas de bénitier non plus. N'allez pas le signaler à

Mauricette, elle piquerait une autre crise. La marraine réclamait :

« Et mon sucre, quand c'est donc qu'on me le donne ?

— Chut ! Un peu plus tard ! Vous êtes dans une église. Tenez-vous comme il faut. »

L'abbé endossa un surplis ; ses pantalons dépassaient par-dessous. Assise au bord d'une chaise, Mathilde tournait vers lui de gros yeux réprobateurs qu'il ne sembla pas apercevoir. Je parie qu'il va encore nous parler de la pluie et du beau temps.

« Voilà, commença-t-il, une bien belle journée... »

Qu'est-ce que je disais ? Ça, c'est pas un curé : c'est un baromètre.

« ... Une bien belle journée en vérité. Car je sais pourquoi, mes chers frères et mes chères sœurs du *Doux Repos*, vous vous êtes rassemblés en cette chapelle autour de notre amie Mauricette... »

J'aurai-t-y du sucre, oui ou non ? répéta la marraine. Foutez-nous la paix ; je vous ai dit : quand tout sera terminé ! Putain que j'ai soif ! soupirait La Bistouille. Je me demande s'il y aura vraiment « à fumer », s'interrogeait Lulu l'Avocat. Ma voleuse est sûrement au milieu de ce monde, supputait la vieille aux vingt mille francs ; et savoir si ça serait pas Mauricette elle-même, avec toutes ces dépenses en poupées et fourniments ?

« ... notre amie Mauricette. Non point pour participer à une farce grotesque, comme le voudraient certains mauvais esprits ; mais pour exprimer à votre sœur la chaleur de votre affection. Oui, vous avez voulu lui prouver — et son cas est aussi celui de beaucoup d'entre vous, je le sais — qu'entre la mer de la solitude et elle-même, vous étiez capables d'édifier une digue. Une digue de cœurs ! Une digue de mains jointes ! J'ai longtemps différé cette petite fête, car je redoutais l'influence des mauvais esprits. Je les entendais déjà : « Ah ! Notre aumônier se prête à une jolie mascarade ! » Mais à présent que je vous vois autour d'elle, partageant sa joie, je ne regrette rien, si ce n'est mes atermoiements. Merci donc de votre présence. Pardonnez mes hésitations. Et pour que la digue soit plus épaisse, je vous prie de recevoir mon cœur et mes mains parmi les vôtres. »

Il fit le geste de le saisir au fond de sa poitrine et de le leur jeter. Du premier rang, Mauricette radieuse lui tendit son guignol. Sans que personne l'en sollicitât, La Bistouille rembouchа son clairon, en tira un barrissement terrible ; mais Lulu, d'une bourrade dans les côtes, lui coupa le souffle. L'aumônier reçut donc le poupon et ses dentelles, le coucha à son tour sur son bras gauche, le bénit en latin, le rendit à la mère qui l'arrosa d'une autre averse de pois chiches.

« Vive la mariée ! » cria de l'entrée Lipovitch, toujours en pyjama.

On sortit alors de la chapelle, en grande bousculade : chacun craignait de ne pas trouver de place assise au réfectoire des hommes. Les serveuses canalisèrent le troupeau tumultueux :

« Patientez ! Patientez devant la porte ! On fera un second service ! »

Des bouteilles, des assiettées de gâteaux secs

attendaient les processionnaires, réparties sur les tables de formica. Ils se jetèrent dessus comme des chiens affamés. Tout de suite, les mâles accaparèrent le vin, laissant l'eau gazeuse aux femmes, malgré leurs protestations et leurs insultes :

« Gourles ! Ivrognes ! Argauds ! Charognes ! Malappris ! »

Pour venger son sexe, une rentière se leva même, fit sauter un bouchon automatique et arrosa les rentiers qu'elle put atteindre. Ce qui fit bien rire tout le monde.

Lulu se dressa à son tour, remplit un verre de limonade et dit :

« Je lève cette coupe de champagne à la santé de Mauricette et à la longue vie du petit Georges !... Mais où est-elle donc ?... Mauricette ! Mauricette ! »

Au-delà de l'affluence qui obstruait la porte, on entendit une voix aiguë :

« Je suis ici !... Je peux pas entrer ! »

Et Lulu, avec indignation :

« Laissez passer la reine de la fête, voyons !... Venez, Mauricette ! Venez, Majesté ! »

A l'exhortation de l'avocat, la masse grommelante et insatisfaite refusait de s'entrouvrir. Jouant des coudes, Mauricette pourtant réussit à se faufiler jusqu'à la place d'honneur.

« Longue vie à la mère et à son enfant ! » répéta le parrain.

Puis, se penchant vers elle :

« Et les cigarettes ?

— Demain.

— Et mon sucre ? dit la marraine.

— Demain. »

Plusieurs fois de suite, elle répéta : demain, demain, demain. Le baigneur toujours serré contre sa poitrine plate, les yeux brillants, elle souriait à une longue file de jours à venir, débordants d'amitié et de limonade.

8

Pour les commerçants d'Entraygues, les rentiers du *Doux Repos* sont une bénédiction. Même si l'économe achète aux grossistes éloignés ses conserves, ses légumes secs, son épicerie, eux l'avitaillent en fruits de saison, légumes frais, lait, vin, viande, pain, pâtisserie. Car chaque dimanche, au repas de midi, les pensionnaires ont droit à une tranche de tarte ou une allumette. Les corps de métier locaux y trouvent également leur profit. Le coiffeur qui les tond à domicile un jour par semaine. Le cordonnier qui leur vend des pantoufles et recoud les chaussures crevées. Le pharmacien, le médecin. Les maçons, plâtriers, électriciens, plombiers-zingueurs qui entretiennent les bâtiments. Le menuisier qui cloue les cercueils. Le fossoyeur et ses aides. Le curé qui chante ses messes pour eux et leurs intentions particulières.

Mais celle qui profite le mieux de leur pratique est sans conteste Mme Ladoux, propriétaire de l'épicerie-tabac-buvette. Dès 7 heures du matin, elle a déjà du monde. Lulu commande un canon de blanc :

« A jeun, ça me donne des vitamines. C'est mon huile de foie de morue. »

D'autres préfèrent le petit verre de gnôle. Pour mieux le savourer, ils l'absorbent à coups minuscules, avec une lenteur de papier buvard. D'autres se fournissent en cigarettes, tabac de chique ou de prise. D'autres encore viennent pour les journaux. Certains, impécunieux, se contentent de humer l'odeur des boissons, avec l'espoir que quelqu'un leur offrira une goutte ; ils rôdent de çà et là, feuillettent les revues, entament des conversations. Une demi-heure plus tard, tous se replient en masse vers la Maison, pour le petit déjeuner obligatoire.

C'est en fin de matinée ou au cours de l'après-midi qu'arrivent les vieilles. Celles qui ont des moyens et l'envie de s'offrir de modestes douceurs : un paquet de *Petit Lu,* un kilo de sucre, un sachet de pastilles vertes à la menthe, qui ressemblent aux *Valda,* n'en sont point, mais coûtent beaucoup moins cher, un flacon d'eau de Cologne, une tablette de chocolat, trois grappes de raisin. Elles achètent aussi des timbres-poste, par paires ou à l'unité.

Après le repas du soir, les amateurs de gros rouge s'installent aux tables disponibles, se serrant, se chauffant à la même chopine. Ils parlent ; ils ont l'air de converser ; en fait, ils entrecroisent des monologues. Chacun pour soi évoque le passé, sans entendre les autres, jusqu'à l'instant où l'avenir s'impose et les rapproche :

« Quand j'étais porteur à la gare de Clermont...

— Moi, quand je préparais les matrices d'estampage, pour les marteaux-pilons...

— Ma spécialité, à moi, c'était de ferrer les chevaux. Et les vaches à l'occasion...

— ... je tombais quelquefois sur une de ces filles qui sentent bon et qui pètent dans la soie. Elle me refilait de bons pourboires...

— ... je sais pas si tu te rends compte de ce que c'est qu'une matrice. Comme qui dirait, le moule qui sert à découper l'acier. T'as vu une bonne femme quand elle fait des guenilles ? Avec son verre, dans la pâte, hein ? Eh ! bien ! une matrice, c'est kif-kif...

— ... Heureusement que me voilà à la retraite ! Maintenant qu'y a plus de canassons, censément, comment je ferais pour gagner ma croûte ?

— Moi, je vais te dire une bonne chose. Tu m'écoutes ?

— Oui, oui, je t'écoute. Une bonne matrice, c'est ouvrageux ! Finement limé et ciselé. Faut quelquefois une semaine de boulot.

— Madame Ladoux ! Portez une autre chopine !

— Et toi, tu m'écoutes ?

— Sûr !... Et un fer à cheval, tu crois que ça se fait tout seul ? Que ça se tord comme du chin-chin-gomme ?

— Oh ! le chin-chin-gomme ! J'en ai mâché ma part, quand j'étais gosse !

— Mais non, tu m'écoutes pas !

— Mais si que je t'écoute, sacré bon Dieu ! Alors, parle donc ! Qu'est-ce tu veux dire ? Faut toujours que tu coupes la parole !

— Ben... je me rappelle plus.

— Oh ! face de pet !
— Pourquoi tu me dis face de pet ?
— Pasque t'es une face de pet. A ta santé !
— A la tienne !
— A la vôtre !
— Qui c'est donc qu'on a enterré hier ?
— Un nommé Gouttequillet. Celui qui marchait toujours la tête sur le côté. T'aurais dit un dépendu.
— Un dépendu ?
— Oui. Les pendus ont la tête sur le côté... comme ça.
— J'ai jamais vu de pendu.
— Moi, ça m'embêterait d'être enterré à Entraygues.
— Pourquoi donc ?
— T'as vu comment qu'ils les mettent, les ceusses du *Doux Repos ?* Ils font une tranchée. Une sorte de silo à betteraves. Ils les couchent au fond, les uns à côté des autres. Ils les recouvrent à peine, en attendant le suivant. Ça leur économise de la place et de la peine. Un numéro par-dessus, sur un bout de planche, et te voilà catalogué. Je trouve que de dormir comme ça, c'est pas marrant.
— Qu'est ça peut te fout', quand t'auras les pieds froids, la façon que tu seras couché ? Moi, y peuvent bien me balancer aux ordures, s'ils veulent. Je m'en tape l'œil.
— Moi, je suis comme lui. J'aimerais pas le silo. Alors, j'ai pris mes précautions.
— Quelles précautions ?
— J'ai acheté unc concession, au cimetière de Combronde, vu que je suis de là-bas. Pour dix ans. Alors, me voilà tranquille.

— Et au bout de dix ans ?

— Ah ! ben... au bout de dix ans, ils feront de moi ce qu'ils voudront. De toute manière, je serai plus bien gros.

— Et combien que t'as payé ça ?

— Trente mille.

— Trente mille francs ?... T'as payé trente mille balles pour remiser tes os ?

— Oh ! C'est pas encore entièrement réglé. Il me reste trois versements.

— T'aurais mieux fait de nous payer pour trente mille balles de champagne !

— Moi, je le comprends. Si j'avais les moyens, je m'achèterais aussi une concession. Mais à Thiers, elles sont hors de prix... »

Dans les conversations pantouflardes, les histoires de cimetière occupent une grande place.

Mme Ladoux va de table en table, selon les ordres : « Portez chopine !... Portez pinte !... » Elle frôle les vieux de ses hanches ; d'un geste maternel, elle caresse les nuques lineuses et chenues. Pas émoustillés pour un liard, ils lèvent vers elle leurs yeux noyés, où nage une étincelle de reconnaissance. Autour d'eux, les marchands de vaches, les courtiers en grains parlent de leurs commerces. Peu à peu, l'atmosphère s'épaissit, devient savoureuse, nourricière comme la mayonnaise. Les rentiers se sentent soulevés : bientôt, ils ne touchent plus le sol. A leur âge, un verre de vin suffit à les rendre aussi légers que des plumes ; que dire alors d'une chopine ? De deux ? De trois ? Car chacun tient honnêtement à payer la sienne. Parfois, quand ils ont avec peine rassemblé leur monnaie, ils s'aperçoivent que quelques centimes manquent au compte :

« Ça fait rien ! dit Mme Ladoux. Ce sera pour la prochaine fois ! »

Les voici accrochés au plafond, comme des mouches. De là-haut, ils embrassent un univers scintillant, tournoyant, tonitruant. Un manège de chevaux de bois. Ils montent et descendent, accrochés à la barre de nickel, tandis que Mme Ladoux perçoit le prix des parties et que l'orgue moud sa musique :

Sous les ponts de Paris, tagadagada,
Lorsque descend la nuit, tagadagada...

Dieu ! que la vie est belle, contemplée de cette altitude ! Qui donc prétendait qu'ils étaient vieux ? Ils ont huit ans, neuf ans, dix ans. Les poches remplies de billes. Quarante sous dans leur boursicot. La permission de descendre à la Foire du Pré qui attire à Thiers toute la population du département. Où le vin de Dallet coule comme la proche rivière. Où les balançoires emportent dans le ciel les filles et leurs cris d'alouettes. Où Bamboula se fait, pour cinquante centimes, bombarder la figure à coups de tomates pourries. Où la voyante, pour moins encore, te prédit tout le bonheur de la terre et de la lune. Où les enfants pleurent d'avoir lâché leurs ballons rouges. Où les pétards font aboyer les chiens et braire les ânes.

Une voix émerge de la cohue :

« Il va être 10 heures. Il est temps que vous partiez. Mais c'est pas que je vous chasse !

— Quoi ?

— Les portes du *Doux Repos* ferment à 10 heures, vous le savez bien. Alors, si vous voulez pas coucher dans la rue…

— 10 heures ? Le… *Doux*… *Repos* ?

— Allez ! un peu d'énergie ! »

Mme Ladoux les tire par les pieds : ils redescendent du plafond. Elle les aide à se mettre debout, les accroche l'un à l'autre trois par trois, comme font les alpinistes : ou bien ils s'empêcheront mutuellement de tomber, ou bien ils se casseront la gueule ensemble.

« Accompagne-les ! » ordonne-t-elle à son homme, qui est grand, large et voûté comme un ours.

« C'est pas difficile, qu'il explique : je me mets au milieu, vous vous retenez à moi. »

Il avance ainsi doucement, une grappe de pantouflards agrippée à ses grègues. Quand ils ont réussi à atteindre la porte, il les pousse à l'intérieur :

« Maintenant, démerdez-vous ! J'en ai d'autres à m'occuper. »

Ils dégringolent tels des quilles, roulent sur l'asphalte. Alors, Casse-Noisette, le concierge, s'occupe d'eux. On l'appelle ainsi à cause de ce bruit bizarre qu'il produit, avec les dents. Il claque du bec, comme une cigogne. Casse-Noisette, donc, les relève l'un après l'autre, les pousse vers leurs dortoirs à grands coups de pompe et de gueule :

« A la niche ! Couchez ! Chiens d'ivrogne ! »

Ladoux accomplit autant de voyages que nécessaire, et lui amène le reste du contingent. Lulu rentre dans les derniers. Il s'arrange toujours pour sauvegarder un reste d'équilibre et pousse des glapissements de putois si on ose l'effleurer d'un index :

« Bas les pattes !... Je suis avocat ! Maître Larivaille !... Défense de toucher à la justice française !... Tout condamné à mort aura la tête tranchée... au moyen d'une guillotine ! »

En dépit de son assurance, il lui arrive parfois de s'étaler. Ce n'est pas une mince affaire, alors, que de remettre debout son énorme masse. Ladoux et Casse-Noisette, ensemble, ne sont pas de trop pour tenir dans le droit chemin cette boiteuse de justice française.

Le dimanche matin, le bar-tabac-épicerie se permet un peu de grasse matinée. C'est-à-dire qu'il ouvre une heure plus tard. Mais les licheurs du *Doux Repos* ont un réveil dans l'estomac qui les arrache du lit sans souci de dimanche ni de semaine. Dès 7 heures, comme à l'accoutumée, ils stationnent devant la porte. Ils tambourinent aux volets :

« Ho ! Ladoux !... Lève-toi, grand feignant !... Y a du monde qui te demande ! Du monde qu'a soif !... Ladoux ! Ho ! Ladoux !... »

Un moment, le mastroquet fait la sourde oreille ; les coups redoublent. Descends, sinon ils vont tout casser. Quelle colique, ce monde-là ! Quand il est en bas, il doit bien ouvrir :

« Et alors ! Vous pouvez pas laisser roupiller un peu ceux qui travaillent, non ?

— De qui que tu causes ? Ici, on voit personne qui travaille.

Je me suis couché à 2 heures, cette nuit !

— Qui donc t'a obligé ? Nous, on paie : on a le droit d'être servis !

— On veut des nouvelles fraîches, dit Lulu. Donne-moi *la Montagne-Dimanche.*

— *La Montagne-Dimanche,* elle arrive seulement à 9 heures, tu devrais le savoir, depuis le temps !

— Eh ! bien ! On patientera. En attendant, verse-moi un concentré de vitamines. C'est les vitamines qui m'ont sauvé. En naissant, je pesais deux livres moins le quart ! »

Avec les pensionnaires de la Maison, les commerçants, les paysans, les artisans font de bonnes affaires. Les fonctionnaires ne se plaignent pas non plus : les postiers et postières qui s'occupent de leur courrier ; le percepteur qui touche les pensions à leur place, règle les frais d'hébergement, administre les résidus ; le secrétaire de mairie, qui délivre des attestations et comptabilise les décès.

En somme, la population d'Entraygues ne lâcherait pas sa Maison de Retraite pour un boulet de canon.

Le maire Chazel la dorlote particulièrement. Grâce à lui, grâce aux crédits votés par son Conseil, Mathilde Dutheil a pu participer au premier arbre de Noël de sa vie. On l'avait planté dans la salle de télévision, débarrassée de ses chaises : orné de bougies, d'étoiles en papier d'aluminium, de fils de la Vierge en strass, poudré de neige en naphtaline. Le directeur en personne est descendu du Ciel, avec un manteau rouge et une barbe blanche. Il a tiré de sa hotte un sachet pour chaque client : orange, papillotes, pâtes de fruit. Casse-Noisette, qui est électricien sur les bords, a mis en marche un piqueupe ; on a entendu Tino Rossi susurrer *Petit Papa Noël,* bientôt couvert par les pantouflards qui la connaissaient mieux que lui. C'était à qui braillerait le plus faux. Les uns chantaient le premier couplet pendant que d'autres entamaient le second. A la suite de quoi, Casse-Noisette a annoncé :

« Et voici les Petits Chanteurs à la Croix de Bois. Mais je vous conseille de la boucler un peu, si vous voulez entendre quelque chose. »

Ils ont suivi le conseil : personne ne tenait à se mettre mal avec le concierge. Dans le disque, il y avait au moins cent gamins :

Douce nuit,
Sainte nuit
Tout repose, rien ne luit...

Et un miracle s'est produit, inattendu comme tous les miracles. Ces voix fraîches d'enfants ont transpercé les vieux. Chacun s'est senti le besoin de les voir, ces petits anges ; tu les cherchais du regard sans les trouver : ils étaient là, et ils n'étaient pas là. Tu ne découvrais autour de toi, comme dans une salle aux miroirs, que ta propre figure multipliée, hideuse, plissée, poilue, avec des jointures qui lui sortaient de partout. Des femmes se sont mises à pleurer. Les hommes restaient la bouche ouverte, comme s'ils avaient avalé une balle de ping-pong. Puis, tous se sont senti une grande lassitude. Ils ont commencé de se disperser.

« Ne partez pas ! criait Casse-Noisette. La

fête est pas finie ! On va danser ! Je mets de l'accordéon ! »

Danser ? Leurs genoux n'étaient pas d'accord. Sans parler de l'envie qui leur manquait. Mathilde s'est dirigée vers Saint-Paul en serrant le sachet sur son cœur. Tu en feras cadeau au petit kaiser. Ou au drôlet de Jean-Claude. C'était quand même une jolie cérémonie.

Elle s'est déroulée dans l'après-midi du 24 décembre. Le soir, les portes du *Doux Repos* sont restées ouvertes jusqu'à une heure du matin, pour permettre aux pensionnaires qui le désiraient d'aller entendre la messe de minuit dans l'église d'Entraygues. Bien peu ont profité de la permission. Ils n'ont plus la force de veiller si tard. En compensation, l'abbé Crépin est venu le 25 au matin dire une messe rapide dans la chapelle, précédée d'une confession collective, à l'intention de ceux et celles qui voulaient communier.

« C'est un procédé permis en cas d'urgence, a-t-il expliqué. Je suis seul, je ne peux me partager en huit. Si quelqu'un d'entre vous tient absolument à une confession en privé, je l'entendrai demain, qu'il ne communie pas aujourd'hui. Qui se trouve dans ce cas ? Qui refuse la confession collective ? »

Ils étaient une soixantaine de pénitents et pénitentes. Ils se sont regardés mutuellement : Voyons, lequel d'entre nous a commis des péchés si monstrueux qu'il n'ose les avouer devant ses frères en Jésus-Christ ? Lequel ? Laquelle ? Personne n'a levé le doigt. Alors, la lessive communautaire a commencé :

« Répétez tous après moi : *Bénissez-moi, mon Père, parce que j'ai péché.*

— *Bénissez-moi, mon Père, parce que j'ai péché.*

— Récitons ensemble le *Confiteor : Je confesse à Dieu Tout-Puissant, à la bienheureuse Marie toujours Vierge, à saint Michel-Archange, à saint Jean-Baptiste, aux saints Apôtres Pierre et Paul...* »

La plupart de ces vieux avaient depuis longtemps oublié les termes de la longue prière et se contentaient de grommeler *me, ne, me, ne, me, ne*, pour faire croire à leur participation. De loin en loin, cependant, un mot, une expression sautait hors de leur mémoire, comme une carpe de la vase. Ils l'articulaient ostensiblement : *...c'est ma faute, c'est ma faute, c'est ma très grande faute... saint Michel-Archange...* Puis ils retournaient au *me, ne, me, ne, me, ne.*

L'abbé Crépin a paru satisfait du bredouillage.

« Et maintenant, voici comment nous allons procéder. Je passerai en revue la liste des commandements de Dieu et de l'Eglise. Et chaque fois, ceux qui auront commis le péché correspondant, lèveront le doigt. Pour faciliter les choses et ménager la pudeur de tous, je vais éteindre les lumières. Ainsi, enveloppé d'ombre, le pécheur n'aura pas à affronter les regards du voisin, mais seulement le regard de Dieu, infiniment bon et indulgent. »

Il a donc coupé l'électricité. Dans le jour cendreux que tamisait la fenêtre, la masse des pensionnaires agenouillés formait un troupeau grommelant, d'où montait souvent une quinte de toux.

« Etes-vous prêts ?... Examinons les commandements de Dieu, et passons tout de suite le premier : il n'est pas en cause, puisque vous voilà dans sa maison. Le deuxième : avez-vous d'une manière ou d'une autre, juré le nom du Seigneur ? Qui l'a fait ? Qui a blasphémé depuis sa dernière confession ? »

Beaucoup d'index se sont levés.

« Vous voyez comme les vieilles habitudes, les mauvaises, sont difficiles à perdre ! A votre âge, jurer encore le nom du Seigneur, quelle imprudence ! Alors que bientôt, demain, ce soir peut-être, vous allez comparaître devant Lui ! C'est comme si, sonnant la nuit à la porte d'une auberge, vous commenciez par insulter copieusement l'hôtelier qui va vous recevoir ! Croyez-vous que ce soit le bon moyen de gagner sa faveur ?... Venons-en au troisième. Qui parmi vous a manqué exprès la messe du dimanche ? »

Et ainsi de suite. Qui a souhaité la mort de son prochain ? Qui a l'habitude de trop boire ? Qui a nourri des pensées impures à l'égard de l'autre sexe ? L'âge, oui, je sais bien ; mais l'âge n'empêche pas d'avoir des idées... Bon. Maintenant, qui a volé ? Je parle d'une chose importante, naturellement. Pas d'une pomme, pas d'un morceau de sucre.

« On m'a volé vingt mille francs ! crie une voix.

— C'est donc que le vol se trouve bien parmi nous. Allons ! Un peu de courage : qui a volé une fois ou l'autre ? »

Deux doigts ont émergé, inidentifiables, à

peine visibles : deux cornes d'escargot. Rendez ce que vous avez pris, le Seigneur l'exige. Pour finir, il leur a fait répéter une dernière prière, bien commode : *Je m'accuse aussi de tous les péchés dont je n'ai pas gardé souvenance. Mon Dieu, j'ai un très grand regret...* Vient enfin la distribution des pénitences :

« A ce sujet, mes frères, un problème se pose à moi. Vous comprenez qu'il m'était impossible de demander à chacun le nombre de fois qu'il a commis les péchés dont il s'accuse. Qu'il mesure donc lui-même, toujours devant Dieu qui ne le quitte pas du regard, la longueur de sa peine : combien de jours de suite il devra réciter une dizaine de chapelet. Qu'il fasse plutôt bonne mesure. Et maintenant, je vous donne l'absolution. »

Pour sa part, Mathilde Dutheil s'est infligé deux semaines de prières. Pendant que tu t'occuperas à ça, tu penseras pas du mal de tes voisines.

M. et Mme Murat attendent leurs petits-enfants de Rennes, Paul et Virginie, qui doivent aller faire du ski à Courchevel. Excellentes activités physiques pour les étudiants. Ah ! l'oxygène des cimes ! *Mens sana in corpore sano.* Entre eux, cependant, ils ne parlent guère de ce voyage, si ce n'est par allusions. La tiédeur de la saison les inquiète. De temps en temps, ils examinent le ciel, et l'un d'eux lâche :

« Pourvu que revienne le froid ! Que nous ayons un hiver enneigé ! Comme dit le proverbe :

Sous la neige, il y a le pain ;
Sous la pluie, il y a la faim. »

En réalité, ils se moquent bien des semailles, des gels et de la germination. Quant au pain, ils en consomment si peu ! Et si la France vient par hasard à en manquer, elle mangera des biscottes. Mais la France ne manque de rien ; il suffit de se promener le samedi, jour de marché, sur la place de l'église pour s'en rendre compte. Elle a au contraire des problèmes de surproduction. Si les Murat souhaitent la neige, c'est qu'ils se tiennent le raisonnement suivant : sans neige, pas de sports d'hiver, pas de voyage à Courchevel, pas de Paul et Virginie. Dans leur transistor, ils écoutent les prévisions météorologiques et les nouvelles des stations. Aussi leur joie est-elle grande quand, le lendemain de Noël, ils découvrent qu'Entraygues a blanchi durant la nuit. A présent, ils osent se découvrir mutuellement leurs pensées :

« Les skieurs seront contents ! Même s'ils ont perdu un jour ou deux. Les nôtres, par exemple, doivent avoir hâte de se trouver dans les Alpes. Alors, ils ne vont pas attendre une minute de plus, et risquer de la voir s'évaporer. Ils iront à Courchevel directement. Et c'est au retour qu'ils passeront par ici.

— Certainement, certainement.

— Sans doute vont-ils confirmer leur venue.

— C'est très probable. »

Chaque matin, ils attendent la confirmation. Qui n'arrive pas. Mais qu'importe ! Ces enfants savent bien que nous sommes liés au *Doux*

Repos comme les serfs à la glèbe. Qu'ils ne peuvent nous manquer. Ils préféreront débarquer à l'improviste et nous faire la surprise.

La neige tombe encore. Les pistes de ski seront confortables. Paul et Virginie voudront en profiter jusqu'à la dernière minute. Quoi de plus normal ? L'aube du 31 décembre en est tout embellie. Une année de plus, une année de moins. *Le Doux Repos* s'agite : certaines familles viennent emprunter leur vieillard pour le réveillon. Soyez tranquilles, on vous le rendra demain ! Ceux qui restent fêteront aussi la Saint-Sylvestre. Le repas du soir sera corsé d'un plat de volaille, d'un double dessert, d'une bouteille de mousseux pour huit ; on pourra danser dans la salle de télévision et à minuit s'embrasser sous le lustre empendouillé. En fait, les participants sont clairsemés. Après 11 heures du soir, il ne reste guère que des intrépides, comme Mauricette, Lulu, La Bistouille, quelques membres du personnel. Les autres passent d'une année à l'autre sans s'en apercevoir : entre leurs draps. A minuit, Mme Sauvagnat travaille encore à réciter :

Sansmentirsivotreramage
Serapporteàvotreplumage
VousêtesleFélixdeshôtesdecesbois...

Ce qui lui donne l'avantage d'entendre les douze coups s'envoler du clocher, les braillements des fêtards, l'orchestre des klaxons, le rugissement des voitures. En même temps qu'elle, tous les pensionnaires insomniaques se posent une seule question : « Cette année qui commence, est-ce que tu en verras le bout ? »

Au petit matin, M. et Mme Murat se réveillent dans leurs lits jumeaux. Lui se lève, va embrasser sa femme et ils se souhaitent :

« Bonne année !... Bonne santé !... »

Comme ils l'ont dit plus de soixante fois au cours de leur vie commune. Ah ! les jolis Jours de l'An de jadis, dans la petite école de montagne, dont ils composaient à eux deux l'équipage ! La visite des élèves : leurs joues roses et froides comme de la glace aux fraises, leurs bras chargés de cadeaux agricoles, aussitôt rendus en cadeaux éducatifs : crayons, plumiers, albums à colorier, livres à lire. L'apéritif à la mairie. Les embrassades permises, fleurant un soupçon d'adultère : à la pharmacienne savamment maquillée, au brigadier de gendarmerie revêtu de son uniforme. Les invitations à dîner, pleuvant de partout. Ce que c'est que d'avoir de l'importance ! Ce que c'est que de l'avoir perdue !

Ce Jour de l'An nouvelle manière s'écoule comme les autres jours. Afin de faciliter sa fuite, M. Murat ouvre son Marc-Aurèle, Mme Murat compose un sonnet de plus, que personne sans doute ne lira jamais, excepté son mari.

Le lendemain, le surlendemain, aucune nouvelle. Maintenant, les vacances universitaires sont terminées. Paul et Virginie ne passeront point. Mon Dieu ! Pourvu qu'ils ne soient pas malades ! Seigneur, protégez ces enfants ! Que rien de grave ne leur arrive, nous vivants ! Les jeunes sont tellement exposés au malheur, de nos jours ! Les mauvaises fréquentations, les mauvaises lectures, l'anarchie, la drogue, la violence, les accidents de voiture. Quel monde diabolique ! Pauvres petits ! Comment passeront-ils au travers de tous ces dangers ? S'ils sont allés à Courchevel, ma foi, ils ont bien eu raison de profiter de leurs vacances jusqu'au dernier instant ; de quel droit les aurions-nous privés d'une journée d'oxygène ? Ils en ont tant besoin, avec ce qu'exigent d'eux leurs professeurs !

Rien non plus le 4 ni le 5. La poste en ce moment ne sait où donner de la tête. Pas étonnant si les plis ont du retard. Le 6 arrivent les vœux de l'égyptologue, par télégramme : *Vous souhaitons à tous deux bonne et heureuse année. Paquet suit. Jean, Renée, les enfants.* Le 7, en même temps, ceux du linguiste rennais et du journaliste. Aucune allusion à Paul et Virginie ; mais si quelque malheur avait eu lieu, ils en parleraient, non ? Le 10, par avion, une boîte bardée de timbres égyptiens ; à l'intérieur, une très jolie statuette d'ivoire représentant Néfertiti. Une copie, naturellement, mais exécutée avec beaucoup d'art. Le 12, enfin, une carte postale espagnole. *Tarjeta postal. Correos espagnoles. Reproduccion prohibida.* Signée *Paul et Virginie.* Elle explique qu'au dernier moment les projets de neige sont tombés à l'eau ; que le frère et la sœur ont accompagné deux copains en voiture « pour une longue virée » qui les a conduits jusqu'à Séville ; grâce à cet arrangement, les frais de transport se sont trouvés « coupés en quatre » ; quant à la visite à Entraygues, « ce sera pour une autre fois, à la première occasion ».

Comme on fait en Angleterre, les Murat ont

exposé ostensiblement dans leur chambre le télégramme, les enveloppes, les cartes, la statuette d'Egypte. Quand une femme de service ou une voisine passe la porte, ils désignent la petite exposition et disent en souriant, l'air heureux :

« Vous voyez ! Nos enfants ne nous oublient pas ! »

9

MATHILDE n'est pas oubliée non plus. Le neveu du miracle, Jean-Claude Membrun, briquetier à Billom, lui rend des visites régulières. toutes les trois ou quatre semaines, en compagnie de l'enfant aux sourires. Elle s'est acheté un pliant pour lui permettre de s'asseoir sans avoir à emprunter la chaise de la voisine. Il lui fournit de précieuses informations sur la cuisson des briques, l'emploi des briques, le commerce des briques. Elle l'écoute au moins d'une oreille, pour lui faire plaisir. De l'autre, avec émotion, elle reconnaît dans sa bouche le timbre d'une voix jadis familière. Non pas celle du père ou de la mère, ce qui serait une chose banale, mais celle de Maurice. Du pauvre Maurice décédé en Allemagne. Son frère à elle, son frère préféré ; son oncle à lui Quelle chose extraordinaire, cette voix perdue depuis soixante ans et qui lui revient à présent d'au-delà de l'espace, d'au-delà du temps d'au-delà de la mort ! Aussi fraîche qu'autrefois. Passée au pouvoir de ce neveu inconnu comme un objet abandonné sur un rayon : une montre d'argent, un rasoir qui coupe encore. Enfant de mon frère, je te donne ma voix ; fais-en bon usage. De qui l'ai-je reçue moi-même ? De quel autre oncle lointain, de quel aïeul ? Tu la transmettras à ton tour. Une voix Membrun. Ainsi, la vieille Mathilde écoute lui parler ce jeune frère dont la poussière, mêlée à la terre allemande, produit depuis longtemps des patates ou des betteraves allemandes. Jadis, elle le tenait par la main ; elle le protégeait de tout : de la pluie, des chèvres, des serpents. Elle n'avait pu le protéger de la guerre. Il l'appelait *Milde*. Milde, descendons jusqu'au moulin. Milde, j'ai déchiré mes brayes ; s'il te plaît, raccommode-les. Milde par-ci, Milde par-là.

Et maintenant, cette voix lui parle de briques. Jeannot tout le temps a ce sourire en celluloïd qu'elle n'apprécie pas. Quand ils se lèvent, elle glisse un billet entre les mains du père, des bonbons entre les mains du fils. Ils se quittent satisfaits les uns des autres.

En février, la grippe asiatique tombe sur Entraygues. On se demande comment une épidémie a pu venir de si loin, franchir mers, océans, montagnes, douanes pour s'intéresser à une capitale de cette importance ! Bientôt, à la Maison de Retraite, l'infirmerie est pleine à craquer : les lits se touchent ; c'est à peine si les aides soignantes ont l'espace de se faufiler. Le bacille insatiable, sans souci des places disponibles, attaque chaque jour d'autres rentiers. Le directeur aimerait bien évacuer son stock de tousseux vers les hôpitaux du voisinage : ceux de Thiers, de Maringues, de Lezoux. Impossible, répondent ceux-ci : nous en avons nous-mêmes à revendre ; on pourrait plutôt vous en passer quelques-uns. Il faut donc les garder ; on laisse les derniers atteints dans leurs chambres, où ils contaminent le reste. En fin de compte, tout l'asile est au lit, grelottant, suant, graillonnant, le thermomètre au bon endroit.

Atteinte parmi les premières, Mathilde a dû déménager, s'envelopper d'une couverture, se traîner jusqu'à la salle des femmes. Pendant quinze jours, elle y vit au milieu des agonisantes. Chaque matin, on en évacue une ou deux qui ont craché leur âme pendant la nuit. Ici, la mort a ses habitudes : elle vient de préférence après l'extinction des lumières. Comme un voleur de poules. Plusieurs jours de suite, elle choisit les numéros pairs ; en sorte que les grippées en instance prévoient leur tour pour le surlendemain, ou le samedi d'après. Mais, soudain, voici qu'elle change de tactique, retourne en arrière saisir quelqu'une qui se croyait oubliée et se réjouissait déjà. Evidemment, elle cherche à dérouter le monde ; désormais chaque malade tremble pour sa vieille peau.

Certaines se révoltent :

« Qu'est-ce que j'ai ? demandent-elles au médecin, le docteur Baraban.

— Je vous l'ai dit : une grippe.

— Une grippe ! Une grippe ! Je vous crois pas. Est-ce que la grippe fait mourir tant de personnes ? Encore une hier, et une ce matin ! Avouez que c'est le choléra ! Ou la peste ! Ou le béri-béri !

— Les grippes sont mauvaises, cette année, pour les vieillards.

— Vous dites ça pour ne pas me soigner

comme il faut ! Ah ! si j'étais une jeune, de celles qui sentent bon, vous y mettriez davantage d'énergie ! Vieux cochon ! Vieux putassier ! »

D'autres se résignent :

« Avertissez ma famille... Appelez mon fils : je veux le voir une dernière fois avant de mourir... Envoyez-moi le curé... »

L'abbé Crépin a fort à faire, lui aussi, pour administrer les mourantes ou seulement les inquiètes, pour bénir celles qui n'ont pas eu le temps de prendre les ultimes précautions. Dans les enterrements, préservé par sa robuste nature, Lulu se partage en quatre :

« Ah ! Madame ! Ah ! Monsieur ! Vous pouvez pleurer votre sainte mère ! Quelques jours avant d'être atteinte par le mal, elle me répétait son affection pour vous. Je n'étais pas auprès d'elle dans ses derniers instants ; mais je sais par une infirmière qu'elle est morte en prononçant votre nom. Nous étions les meilleurs amis du monde. C'est pourquoi je la réconfortais, je lui rendais de petits et de grands services... »

La grippe asiatique est son bouillon de culture : il y prospère et s'y arrondit. Il aimerait bien qu'elle dure jusqu'au printemps, voire au-delà. En fait, elle s'éteint au bout de quatre semaines. Celles-ci auront du moins suffi à résorber nombre de vieillards en souffrance que plus personne ne réclamait depuis des années. La mort a aussi du discernement : entre un malade abandonné, sans ressources, et un malade encore reconnu par les siens, presque toujours elle choisit d'abord le premier.

Un grand coup de balai purifie donc les maisons de retraite. La clientèle s'en trouve renouvelée. Beaucoup de candidats attendaient avec impatience, souvent depuis des mois, qu'on voulût bien prendre en considération leur demande d'admission. La grippe asiatique leur ouvre des portes jusque-là obstinément fermées. Aussitôt accomplies les désinfections, on les voit accourir, entourés de leur descendance réjouie.

Quant à elle, Mathilde Dutheil regagne Saint-Paul aux approches du printemps. Amaigrie, vacillante, mais la tête encore claire. Qui aurait cru ça ! Tu en as vu partir qui avaient dix, quinze ans de moins que toi, et te voilà toujours vivante ! Les marmites fêlées durent plus longtemps que les neuves. Elle retrouve avec satisfaction son lit de fer, son crucifix de quatre sous, sa demi-armoire. Et aussi sa co-équipière, Mme Sauvagnat.

« Oh ! je suis contente de vous revoir, ma pauvre ! avoue-t-elle franchement. Je me demandais si vous n'auriez pas levé les pieds, comme tant d'autres.

— Levé les pieds ?

— Ben, avec cette grippe asiatique... le massacre qu'il y a eu.

— Vous pensiez que je serais défuntée ?

— Je le craignais. Je vois que vous avez tenu le coup aussi. On s'entend pas toujours, toutes deux. Il arrive qu'on se chamaille. N'importe. J'aurais pas aimé changer de voisine. On sait ce qu'on perd, on sait pas ce qu'on gagne.

— Vous avez bien raison. »

Il ne faudrait pas les pousser beaucoup pour qu'elles s'embrassent. Dans toute la maison, ce sont des retrouvailles émouvantes. Ainsi, après une guerre sanglante, les soldats épargnés retournent au pays ; rentrent dans leurs anciennes habitudes ; reconnaissent avec joie dans la rue d'autres survivants, même s'ils n'avaient ensemble pas été dans les meilleurs termes avant la mobilisation ; pleurent les absents avec eux.

« Toutes n'ont pas eu notre chance, dit l'aveugle. Par exemple, la pauvre Mme Roddier, notre voisine.

— La sourdignole ?

— Oui. Elle répétera plus : Qu'est-ce que vous dites ?

— C'est comme ça, ma pauvre. Est-ce qu'on l'a déjà remplacée ?

— Pas encore.

— Pourvu qu'on nous mette quelqu'un de pas trop embêtant ! »

Le remplacement a lieu trois jours après. La nouvelle protégée de saint Paul est une petite vieille au teint de bougie que ses enfants amènent un dimanche matin. Par-dessus la demi-cloison, on assiste à son installation :

« Comment que vous vous appelez ? demande l'autre occupante, avec sa voix de gendarme.

— Elle s'appelle Amélie Tournadre, répond la fille, craignant sans doute que sa mère n'ait pas assez de souffle. Y a longtemps qu'elle attendait une place. Elle vient de Riom.

— Je connais.

— Tu vois : la dame connaît Riom. Tu te sentiras moins dépaysée, vous pourrez parler ensemble du pays.

— Oui. Mon défunt était greffier à la cour d'appel.

— Greffier à la cour d'appel ? Quelle coïncidence ! Ma mère a servi trente ans aussi dans la magistrature !

— Dans la magistrature ?

— Oui. Bonne à tout faire. Rien que chez des magistrats. Comme qui dirait, vous faites partie de la même famille.

— Pas tout à fait. Et vous aussi, vous êtes... dans la magistrature ?

— Oh ! non ! Mon homme et moi, simples ouvriers chez Michelin. On aurait bien aimé la prendre avec nous. Mais on habite en ville un tout petit appartement, de location, bien sûr, avec deux gosses. Alors, vous comprenez ! »

La femme-gendarme explique qu'elle est demi-paralysée, qu'elle a tout juste assez de force pour se traîner aux cabinets, qu'on lui sert ses repas dans la chambre.

« Seulement, précise-t-elle, j'ai besoin d'aide, à chaque instant. Pour prendre mes lunettes, pour les reposer, pour ouvrir le journal. Alors, si vous voulez m'aider, je ne manquerai pas de vous récompenser. Dans mon malheur, j'ai du moins la chance de posséder quelques ressources. »

Et la fille-interprète :

« Mais naturellement, qu'elle vous aidera ! Vous pensez si elle a l'habitude de servir ! Ça l'occupera un peu, de se rendre utile. N'est-ce pas que ça te distraira ?... Tu ne dis pas non ? »

Elle ne dit pas non. Elle ne dit pas oui davantage. Ce doit être une muette ! Mais au fond, mieux vaut une qui ne parle guère qu'une trop bavarde.

Sa voix, on l'entend quand même les jours suivants, lorsqu'elle n'a plus personne pour répondre à sa place. Si sa voisine lui commande quelque chose : « Allez me chercher ci... Allez me chercher ça... Et tâchez de faire vite ! », elle murmure : « Oui, madame... Tout de suite, madame... » Tu croirais qu'elle se trouve encore devant la Magistrature. Sans doute a-t-elle grand besoin de ces quatre liards que l'autre lui octroie de temps en temps, selon son bon plaisir.

La greffière est une gaillarde dure et exigeante. Dans sa vie ancienne, elle dut commander à des domestiques ; mais elle traite Amélie plutôt en esclave. Toute la force qui a quitté ses membres a tourné en méchanceté. Les injures, les cris étaient sans effet sur la sourdignole. A présent qu'elle dispose de quelqu'un qui entend et qui accepte, elle se rattrape :

« Emportez cette vaisselle... Mettez-moi le bassin... Qu'est-ce que vous attendez pour m'essuyer ? »

Jamais un s'il vous plaît, jamais un merci.

Un jour, elle ordonne :

« Allez m'acheter *Tricots d'aujourd'hui*. Chez le marchand de journaux. Voici l'argent. »

Amélie trottine au bureau de tabac. Plus de *Tricots d'aujourd'hui*. Faudra attendre la semaine prochaine. Mon Dieu ! qu'est-ce que je fais ? Que va-t-elle dire si je reviens les mains vides ? Croyez-vous que je peux le trouver ailleurs ? Ailleurs ? Pas question. A moins que vous ne vouliez aller jusqu'au Puy-Guillaume. Comment vais-je lui annoncer ça ? Savez-vous ce que je vous propose ? Vous prenez *Mon tricot*, c'est kif-kif. Kif-kif ? Oui, le même genre de périodique. Vous croyez ? J'en suis sûre. Est-ce que c'est également le même prix ? Exactement. Vous verrez qu'elle sera satisfaite. Amélie rentre au *Doux Repos :*

« Mme Ladoux avait épuisé votre journal. A la place, elle vous envoie celui-ci. Elle dit que c'est le même genre. Que vous serez contente pareil : *Mon tricot.*

— *Mon tricot ?* Etes-vous idiote ? Croyez-vous que je veux tricoter, dans l'état où je suis ? Etes-vous aussi sourde que la Roddier ?

— Je pensais...

— Chaque semaine, je lis l'horoscope de *Tricots d'aujourd'hui.* L'horoscope ! Voilà ce qui m'intéresse. C'est comme si je vous commandais du beurre, et que vous m'apportiez des clous à vache ! Que voulez-vous que j'en foute, de vos clous à vache, hein ? Vous ai-je demandé des clous à vache ?

— Mais madame... s'agit pas de clous à vache...

— Et ne répliquez pas ! Rapportez-les où vous les avez pris.

— Jamais je n'oserai !

— Très bien ! Dans ce cas, j'en retiendrai l'argent sur ce que je vous donne.

— Oui, madame. »

Quand elle en a assez entendu, Mathilde Dutheil cogne du poing contre la cloison :

« Arrêtez un peu votre catéchisme, nom de gueux ! Vous avez pas honte ? »

La greffière suffoque d'indignation :

« Comment ? Comment ?... A qui que vous croyez que vous causez, vous ? Vieille malapprise ! »

L'instant d'après, tout Saint-Paul devient un enfer :

« Mais c'est vrai, ça ! Quand aura-t-elle fini, celle-là, avec ses clous à vache ? Où donc qu'elle se croit ? Elle se rend donc pas compte qu'elle dérange les voisins ?

— C'est comme moi quand j'habitais Maringues, où mon homme était cantonnier. A côté de chez nous, vivait une enragée toute pareille.

— Enragée vous-même ! Allez vous faire vacciner !

— Ecoutez-la ! Mais écoutez-la ! Cette vipère !

— Je vous souhaite à toutes la même paralysie qu'à moi !

— La langue n'est pas paralysée !

— Je vous enterrerai toutes, vieilles pourries que vous êtes ! Je veux vous voir pisser dans votre cercueil !

— Oh ! la grande malhonnête ! Le bon Dieu la punira, pour sûr ! Est-il possible d'entendre des choses pareilles ?

— Faudrait avertir la direction !

— Avertir le curé, plutôt, qu'il vienne lui chasser le diable au corps !

— Foutez-moi la paix !

— Foutons-lui la paix, comme elle dit. Elle mérite pas qu'on lui adresse la parole.

— C'est comme moi quand j'étais à Maringues...

— Vieilles bourriques ! Cessez de me casser les pompons !

— Vieille galapiasse !

— Vieilles péquenaudes !

— Vieille calamastre !

— Vieilles charognes.
— Vieille arcandière !
— Vieilles mendiantes !
— Vieille essargaillée ! »

Peu à peu, elles arrivent cependant au bout de leur répertoire, et finissent par se taire, essoufflées. Quand le silence est à peu près revenu chez Saint-Paul, on distingue encore de petits hoquets répétés : les sanglots d'Amélie Tournadre. On dirait des couinements de souris.

10

UNE nouvelle calamité s'abattit sur Entraygues.

Les semailles d'automne et de printemps avaient eu lieu comme à l'accoutumée. Les froments, les orges, les avoines naissaient bien ; les maïs se faisaient grandelets. Quand il leur arrivait de passer en bordure des champs, le derrière calé sur le tracteur, les Entraygois arrêtaient un moment leur machine et regardaient ces milliers de têtes vertes qui seraient les blés enfants, les blés adolescents, les blés adultes. Puisque, à la différence des hommes, le blé ne connaît point la décrépitude. Ensuite, ils repartaient avec, dans les entrailles, une douce chaleur paternelle. Vingt dieux ! C't' année, y aura d' la récolte ! Pourvu qu' les cours ils s'effondrent pas ! Avec tout's les trait's qu'on a à payer, et qui s'effondrent jamais, elles, les garces ! Si t'oublies d'en payer une, les intérêts s'ajoutent, et c'est tout l' contraire qu' arrive ! L' gouvernement, il devrait faire quèqu' chose pour empêcher ça. Mais va t' faire voir ! Il est l' promier à compter les majorations, la saleté d' gouvernement ! Et y a bien des assurances cont' la grêle, cont' les incendies, cont' les inondations ; mais y en a point cont' la chute des cours. C' qui fait que le pauv' cul-terreux, s'il a la foi catholique — et il a intérêt à l'avoir ! — il lui reste plus qu'à r'commander ses récoltes à la Providence, créputain de bon Dieu !

Or, vers la fin d'avril, plusieurs agriculteurs découvrirent avec consternation leurs emblavures pillées, comme si une troupe de Huns avait campé dessus. On ne tarda pas à identifier les coupables : les corbeaux. Depuis des siècles, Entraygois et corbeaux vivaient en bonne intelligence. Carnassiers par nature, grands amateurs de charognes diverses, nettoyeurs de nids, de gîtes, de terriers, ces volatiles acceptaient, faute de mieux, les nourritures végétariennes qu'ils trouvaient encore sur les arbres après la récolte, sur les composts et les fumiers, dans les vignes vendangées. Ils restaient des mois entiers invisibles, pendant la belle saison, mais reparaissaient aux premières gelées, fruits noirs de l'hiver. Ils nichaient aux sommets des arbres les plus hauts de la paroisse, en des nids volumineux, que de loin tu pouvais prendre pour des boules de gui. Certains, particulièrement familiers, n'hésitaient pas à s'approcher des maisons ; les fermiers les reconnaissaient et leur donnaient des noms : Jules, Charlot, Fernand, Bibendum. La plupart atteignaient la taille d'une poule bien nourrie. Un corbeau, racontait-on, peut devenir centenaire.

Soudain, leur nombre se multiplia. On en vit des moyens et des petits, pas plus gros qu'un boulet d'anthracite, ce qui ne s'était jamais remarqué auparavant. Ils prirent d'étranges habitudes. Celle, par exemple, de se rassembler sur le même champ d'avoine jeunette, qui disparaissait entièrement sous leur couche noire et palpitante. Les cultivateurs horrifiés empoignèrent leurs fusils, tirèrent dans le tas, en tuèrent quelques-uns, suspendirent les cadavres à une perche. Le lendemain, la troupe revenait, compacte, achevait ce qui restait de vert et de sec, et, pour compléter ce festin sans viande, brifait les pendus à leurs balançoires.

Les paysans coururent se plaindre à la mairie : « Je peux recommencer toutes mes semailles ! Reste plus rien ! Et qui qu' c'est-y qui va m' rembourser ma semence ?

— Moi, ils m'ont attaqué trois agneaux petitous, trois agnelets de quinze jours, au milieu du troupeau ! Y z'ont bouffé les yeux et tout' la figure ! De vrais cannibales ! Jamais vu une chose pareille !

— Mais d'où que c'est-y qu'y sortent, tous ces corbaques de malheur ? D'où que c'est-y, créputain ?

— Pour moi, c' qui les a multipliés comme ça, c'est les désherbants. Ces drogues aux hormones qu'on fout un peu partout. Les hormones, hein ? Vous voyez-t-y ce que j' veux dire ? Ça leur produit en somme l'effet contraire de la pilule qu'on donne aux femmes !

— Moi, je croirais plutôt que ça vient d' la bombe atomique, de leurs expériences dans l'atmosphère.

— Moi, j'ai n' autre idée.

— Qu'est-ce que t' as, comme idée ?

— Laiss'-moi causer. J'ai idée qu' tous ces corbaques, y proviennent du r'membrement.

— Du r'membrement ?

— Laiss'-moi causer. Oui, du r'membrement. Avec leurs bull-dozers, y z'ont abattu les arbres, détruit les haies, comblé les fossés. Tout chamboulé, quoi, censément. Alors, où qu' ous voulez-t-y qu'y nichent, les corbaques, vu qu'on a supprimé leurs nids ? Y z'habitent pus en l'air, y z'habitent par terre. C'est pourquoi qu'y s' multiplient comme les doryphores, à présent. Tout ça, c'est la faut' au r'membrement. Moi, j'ai toujours été contre. Sans parler qu'y en a qui s' sont bien sucrés, su' l' dos des pauv' couillons qu' ont accepté la manœuvre. M' faites pas causer là-dessus, j'aurais trop de choses à dire ! »

Chazel, le maire, qui ne se sentait pas à l'aise dès qu'il était question de sucre et de remembrement, intervint avec énergie :

« Qu'est-ce que tu veux dire par là ? Cause donc si t'en as envie !

— J' nomme personne. Mais j'ai mon idée.

— Sors-la donc, ton idée !

— Mon idée, c'est que les corbeaux, y viennent du r'membrement. Point final.

— J'en souffre aussi, moi, des corbeaux, pisque je suis cultivateur comme vous autres. Vous croyez-t-y qu'ils m'ont épargné ? Ce qui compte, à présent, c'est de prendre des mesures. Qu'est-ce que vous proposez ?

— Première chose, faut demander une subvention au gouvernement.

— A quel titre ?

— Faut qu' le préfet, y déclare l' département sinistré. Pour cause de corbeaux.

— Je suis pas sûr qu'il y ait ailleurs autant de corbeaux que chez nous.

— Eh bien ! Qu'il déclare sinistrée au moins not' commune. Les autres, on s'en fout.

— Faut démolir le remembrement, et r'venir comme avant.

— Dis donc pas de bêtises ! Est-ce qu'on va replanter les arbres, supprimer les chemins, recreuser les fossés ?

— Exactement ! C'est c' qui faut faire ! Et enlever l' sucre à ceux qu'en avaient trop reçu ! J' nomme personne !

— Faut alerter la Fennesséa.

— La Fennesséa, d'accord. Mais c'est encore un peu tôt. On verra plus tard ? Y a sûrement des mesures plus urgentes.

— Moi, j' tue les corbaques à coups de fusil !

— T'as pas le droit ! La chasse est pas ouverte !

— M'en balance, d' l'ouverture ! J' vas pas laisser détruire toutes mes brebis, créputain !

— T'en tues deux, t'en tues trois, et il en vient cinq cents ! Y a qu'une chose qui peut vraiment les zigouiller : l'empoison.

— L'empoison ? Quelle empoison ?

— Faudrait demander au vétérinel, pour pas risquer d'empoisonner en même temps les betteraves, les maïs et tout l' reste. Y a sûrement une empoison appropriée.

— Et qui c'est qui va payer son empoison, au vétérinel ? Crois-tu qu'y va t' la donner pour des prunes ?

— D'autant plus qu' c'est pas guère la saison des prunes non plus !

— Faut qu'on nous vote des crédits ! Sinon,

moi, je mets la clé sous la porte et j' vas travailler chez Bibendum ! Et je serai pas l' seul ! »

Très sensible aux menaces de désertion, Chazel consulta un vétérinaire de Maringues. Celui-ci exposa les armes diverses dont il disposait : le *D.D.T.*, le *T.T.X.*, le *H 230*, le*ZX 21*, le *K.L.K.*, le *K.K.O.*

« Le *H 230* vous permet une destruction définitive des prédateurs. Il a la particularité de donner un goût de saucisse aux grains que vous trempez dedans, ce qui attire beaucoup les corbeaux. Naturellement, vous risquez aussi d'empoisonner par la même occasion vos chiens, vos chats, votre volaille... Au contraire, le *ZX 21* se contente d'endormir ses victimes. Elles se réveillent au bout de vingt-quatre heures. A vous de profiter de ce délai pour les ramasser à pleins tombereaux, les jeter au feu ou à la rivière... Le *K.L.K.* les rend stériles. Mais c'est une opération dont les effets ne peuvent se faire sentir qu'à la longue ; en attendant, les corbeaux restent là, aussi nombreux, aussi gloutons. Ceux qui échappent au produit continuent de procréer, naturellement... Le *K.K.O.* les rend enragés : ils se jettent les uns sur les autres en bavant... Le *T.T.X.* les rend idiots... »

Le maire demanda un devis détaillé des frais prévisibles à l'hectare, afin d'en parler à son Conseil municipal.

11

VINT le joli mois de mai que garçons et filles chantaient jadis sous les fenêtres, avant l'aube, en présentant leurs paniers aux offrandes :

Jouez pipeaux, jouez musettes ;
Voici le joli mois de mai !
Oh ! qu'il est beau ! Oh ! qu'il est gai !
Il est rempli de vïolettes !
Oh ! qu'il est beau ! Oh ! qu'il est gai !
Il est rempli de vïolets !

Dans les gazons du *Doux Repos*, les violettes furent présentes au rendez-vous. Une rentière découvrit la première, la montra aux autres du doigt :

« Regardez ! Regardez !

— Quoi donc ?

— Là... derrière cette racine... une violette !

— Une violette ? C'est-y Dieu possible ! »

Les pensionnaires accoururent, firent cercle autour d'elle, n'en croyant pas leurs yeux, qu'une violette eût accepté de pousser chez elles, spontanément, au royaume des pantouflardes !

« Quelqu'un a dû la semer, dit l'une, en secouant la tête.

— Semer ? Est-ce que ça se sème ? J'ai jamais vu graine de violette. Non, non ! Elle est venue toute seule, croyez-moi. Toute seule ! »

C'était réellement inconcevable. Dire que — apportée par le vent — elle aurait pu choisir un des nombreux jardins d'Entraygues : celui du curé, celui du directeur d'école, celui du maire, et qu'elle était tombée chez elles ! Et celle-ci ne fut pas unique ! Les jours suivants, beaucoup d'autres ouvrirent dans l'herbe leurs cornettes.

« J'en ai compté cinquante !

— Et moi, soixante-sept ! »

Un bonheur non plus ne vient jamais seul : le 15 mai, l'asile fêta sa centenaire. Et avec lui, tout Entraygues, l'arrondissement et presque le département. La dernière à être informée de l'événement fut l'intéressée elle-même, Mme Escorias, logée à Saint-Benoît. Une petite vieille encore valide, capable de s'habiller et de se déshabiller toute seule, de subvenir à ses nécessités, de marcher jusqu'au réfectoire et même plus loin, sans autre appui que ses deux bâtons. La nouvelle lui fut apportée par Françoise, dès 7 heures du matin :

« Réveillez-vous, madame Escorias !

— Oh ! je suis réveillée depuis un bon bout de temps !

— Vous savez ce qui vous arrive ?

— A moi ? Il m'arrive quelque chose ?

— Oui ! Le 15 mai, ça ne vous dit rien ?

— Le 15 mai ? Qu'est-ce que c'est, le 15 mai ?

— C'est aujourd'hui !

— Et alors ?

— Votre anniversaire ! Vous avez cent ans aujourd'hui, madame Escorias !

— Cent ans ? Aujourd'hui ?... Ah !

— C'est tout ce que ça vous fait ?

— Vous êtes sûre, que j'ai cent ans ?

— Pardi ! Vous êtes bien née le 15 mai 1872 ?

— Ça se pourrait.

— Et qu'est-ce que vous en dites ?

— Ce que je dis de quoi ?

— D'avoir cent ans.

— Je dis que j'aimerais mieux en avoir vingt-cinq. »

La nouvelle se répandit dans l'établissement : nous avons une centenaire, Mme Escorias, va y avoir une fête en son honneur. Les consignes circulèrent aussi :

« Mesdames, Messieurs, prenez vos vêtements du dimanche, chaussez des souliers, rasez-vous, peignez-vous, faites-vous aussi beaux que possible. Nous comptons recevoir la radio, la télévision. Et aussi la visite du Conseiller général, du sous-préfet qui viendront saluer notre glorieuse centenaire. A midi, repas de gala, sous la présidence du maire d'Entraygues, M. Chazel. »

Tous les vieux obtempérèrent. Ceux et celles, du moins, qui possédaient une tenue numéro Un. Seul, malgré insistances et menaces, Lipovitch refusa de quitter son pyjama :

« Vous n'allez pas vous présenter devant le sous-préfet en pyjama, voyons !

— M'en fous, du sous-préfet. S'il est pas content, il se tournera de l'autre côté.

— Puisque c'est comme ça, on ne vous

admettra pas au réfectoire ! Vous mangerez dans votre chambre !

— M'en fous, du réfectoire ! »

Vers 11 heures, une voiture bleue entra dans la cour. Les pensionnaires accoururent, croyant qu'il s'agissait du sous-préfet. Mais il en sortit trois ou quatre Landrus, avec des barbes à faire peur aux enfants. J'ai compris, se dit Mathilde, c'est la télévision. Pendant qu'ils déballaient leur matériel, on alerta le directeur qui accourut tout essoufflé :

« Attendez ! Ne vous pressez pas ! Ne gâchez pas de la pellicule ! Je vais vous guider, vous montrer ce qu'il y a de plus intéressant dans la Maison. »

Les rentiers se pressaient autour d'eux, comme des poux sur une croûte de lait. Les Landrus voulurent les braquer avec leurs bazookas ; mais le directeur s'interposa, les bras levés :

« Une minute ! Il n'est pas souhaitable de tout montrer ! »

Il choisit un certain nombre de baveux et de baveuses particulièrement repoussants, les confia aux aides soignantes : emmenez-les, s'il vous plaît, donnez-leur des bonbons, éloignez-les autant que possible. Les hommes de la télé filmèrent le reste, s'attardant sur Lulu qui faisait plaisir à voir, avec sa figure et son ventre. Ensuite, le directeur les orienta vers les bâtiments neufs.

Les pompiers entrèrent à leur tour, s'alignèrent en une double haie, le clairon sur la hanche, prêts à accueillir les autorités. Elles arrivèrent à l'heure prévue, en un petit paquet, le sous-préfet au milieu, entouré de Mazel et de Champrodon, marchand de vins à Puy-Guillaume et conseiller général. Les pompiers lancèrent aussi vers les nuages *la France est notre mère, c'est elle qui nous nourrit ;* mais ça sonnait autrement juste que par la bouche de La Bistouille ! On voyait que les joueurs étaient comme qui dirait des spécialistes.

Le directeur revint avec les barbus qui projetèrent leur phare dans les yeux des visiteurs. Le sous-préfet salua de la main et du sourire ; Chazel et Champrodon se bousculèrent un peu, pour se disputer le premier plan. Toute la troupe ensuite se dirigea vers Saint-Benoît d'où sortit bientôt, sous les applaudissements, Mme Escorias, pomponnée, bichonnée, enrubannée, mais toujours en pantoufles ; elle prétendait ne pas savoir marcher en d'autres chaussures. Le directeur lui offrit son coude, qu'elle ne put accepter : elle avait besoin de l'appui de ses deux cannes ; c'est donc lui qui la saisit légèrement par l'anse, tandis qu'elle clopinait sur ses quatre pieds. Ils avancèrent ainsi dans les éclairs de la presse et de la télévision. Tu aurais dit la rosière de Montferrand quand elle débarque place de la Rodade.

« Vive la mariée ! » cria de loin Lipovitch.

On progressait vers le grand réfectoire. A mi-distance, la centenaire exprima le désir de s'asseoir un instant. On avait prévu cela : Casse-Noisette, le concierge, n'était pas loin derrière, avec un fauteuil sur la tête. Elle se reposa ; puis l'on repartit.

En vue de la réception officielle, le réfectoire avait été vidé de tous ses meubles, remplacés par la longue table du vin d'honneur. Les pensionnaires qui ne pouvaient rester debout se replièrent vers leurs chambres, vers les bancs du jardin. Seule l'héroïne de la fête avait droit, naturellement, à son siège, près du micro qui répandrait les discours. Chazel parla le premier :

« Monsieur le Représentant du Gouvernement, Monsieur le Conseiller général, Monsieur le Directeur, Mesdames et Messieurs, chers Amis,

« En la personne de Mme Escorias, ce sont tous les pensionnaires de cette maison que la Municipalité veut honorer par ma bouche ici présente. Nous sommes une petite commune rurale aux ressources modestes, qui doit faire face à des dépenses et des difficultés considérables : adductions d'eau, remembrement, chemins vicinaux et tout le saint-frusquin. Et maintenant les corbeaux ! Pourtant, voyez un peu ce que nous faisons pour nos vieillards et ceux des communes environnantes ! Voyez comment ils sont traités ici, puisqu'ils y deviennent centenaires ! Et je vous déclare que nous ferons davantage encore, et qu'ils deviendront encore plus vieux si, aux prochaines élections — qui auront lieu dans un mois, comme vous savez — nous obtenons les suffrages de nos concitoyens et de tous les électeurs d'Entraygues ! A bon entendeur, salut !... Maintenant, je dis simplement à Mme Escorias, qui pourrait être ma grand-mère : Mme Escorias, joyeux, et heureux anniversaire ! »

Là-dessus, il s'approcha du fauteuil et embrassa la vieille ; elle se laissa faire sans protester, mais demanda ensuite autour d'elle :

« Qui c'est, çui-là ? Qui c'est, ce pèlerin ?

— Le maire, voyons ! Le maire d'Entraygues !

— Ah ! bien ! »

Champrodon, qui appartenait au même parti que Chazel, fit un grand éloge de celui-ci. Fils de paysan et paysan lui-même. Enfant du peuple jusqu'aux moelles. D'un dévouement à toute épreuve. Organisateur remarquable. Avare des deniers publics, mais généreux envers les plus modestes de ses électeurs. C'est grâce à lui que l'ancien hospice d'Entraygues, agrandi, embelli, modernisé, était devenu ce *Doux Repos* qu'enviaient tant de communes plus importantes.

Pour finir, le sous-préfet exalta l'action du Gouvernement en faveur du troisième âge, promit des retraites plus confortables, des actions diversifiées, une sollicitude accrue, des soins médicaux entièrement gratuits. Il leva son verre à la prospérité de la centenaire, imité par les autres Puissances. Tout cela fut vigoureusement applaudi.

Les Landrus s'approchèrent alors de la vieille rentière, afin de lui poser des questions.

« Qui sont ces autres pèlerins ? demanda-t-elle.

— Ceux de la télévision et de la radio. Soyez gentille, répondez-leur.

— Qu'est-ce que je dois répondre ?

— Vos impressions, Mme Escorias ? Qu'est-ce que ça fait, d'avoir cent ans ? »

Elle branla la tête un moment, chacun suspendu à ses lèvres.

« Qu'est-ce que ça fait ? qu'elle répéta.

— Oui. D'avoir cent ans, qu'est-ce que ça vous fait ?

— Ça fait... ça fait que j'ai cent ans.

— Et alors ? Qu'est-ce que vous ressentez ?

— Cent ans, c'est un siècle, n'est-ce pas ?

— C'est un siècle, y a pas d'erreur.

— Je viens de finir mon premier siècle, donc. Alors, je commence aujourd'hui le second. »

Ce fut un bel éclat de rire. Chazel reprit possession du micro :

« Ben vous... ben vous... »

D'avance, le bon mot qu'il allait faire lui coupait le souffle, il n'arrivait pas à le placer :

« Ben vous, madame Escorias... on peut dire... hi ! hi ! hi !... on peut dire que vous êtes... une coriace ! »

Il se plia en deux, suffoqué ; les rentiers l'imitèrent avec la meilleure volonté du monde.

Mais elle : « Qui est encore ce pèlerin ?

— Le maire d'Entraygues, on vous l'a déjà dit ! »

Les barbus n'en avaient point fini avec leur questionnaire.

« A quoi attribuez-vous votre longévité ?

— De quoi ?

— Ils vous demandent comment vous avez fait pour devenir aussi vieille. Si vous avez un secret.

— Un secret ?

— Oui, un secret de longue vie. »

Elle branla encore la tête, grommelant : « Ma foi... ma foi... » Puis elle parut avoir trouvé :

« Vous voulez savoir mon secret ?... J'étais épicière à Luzillat. J'avais succédé à ma mère.

Pendant cinquante ans... je vendais... qu'est-ce que je vendais ?

— Du sucre ? Du café ?

— Oui, c'est ça. Du sucre, du café, des bougies, du chocolat... Bon... Et maintenant... Qu'est-ce que je voulais dire ?

— On vous demande votre secret, pour devenir centenaire.

— Ah ! oui !... Eh bien ! mon secret... je crois bien... c'est que je suis jamais sortie de mes pantoufles. Sauf pour entrer dans mes sabots. »

Les barbus se regardèrent avec stupeur :

« Vos pantoufles ? Vos sabots ?

— Oui, c'est comme ça.

— Vous voulez dire... que vous n'êtes jamais sortie de votre maison, sauf pour aller, sans doute, jusqu'à votre jardin ?

— Vous avez compris. Mon plus grand voyage, je l'ai fait à Maringues. J'ai pas d'autre secret. »

Et elle rit toute seule, en secouant ses rubans. Les Landrus parurent ravis de cette réponse. Les pensionnaires, considérant leurs pieds, regrettèrent qu'on les eût contraints, eux, à quitter leurs pantoufles quotidiennes.

Appelé ailleurs par d'autres obligations, le sous-préfet serra des mains, s'excusant de ne pouvoir rester davantage. Dès lors, la foule fut admise à la sainte table, où elle liquida les boissons. Il n'y en eut pas pour tout le monde. Le santé des vieillards était trop chère à l'administration pour qu'elle la compromît par des excès. Sobriété, sécurité.

On évacua le réfectoire des hommes et, tandis que serveurs et serveuses le rendaient à sa destination première, les vieilles se dirigèrent vers le leur, salivant déjà à la pensée du repas de gala qu'on leur avait promis. Comme à l'aller, Casse-Noisette suivit la centenaire en portant le fauteuil à bout de bras. Les Landrus remontèrent dans leur voiture bleue.

Des fleurs sur les tables attendaient les rentières : elles n'en croyaient pas leurs yeux. On servit trois hors-d'œuvres au lieu d'un seul : saucisson, tomates, œufs mimosa. Ensuite : vol-au-vent, rôti de bœuf, pommes boulangères, salade, fromage. Les quantités furent telles qu'il en resta. En dessert : un large triangle de tarte à la bouillie. Gâteau préféré des édentés. Café. Une bouteille de vin par table. Eau à discrétion. Toutes firent honneur au festin, Mme Escorias la première. Chazel la complimenta de son appétit :

« C'est vrai, qu'elle reconnut. Ça descend encore bien, faut pas que je me plaigne de ce côté-là. J'ai pas de bonnes dents, mais j'ai un bon trou ! »

On rit. Chazel ajouta qu'elle avait aussi une bonne langue ! Puis il se leva :

« Et maintenant, au nom de la municipalité d'Entraygues dont j'ai l'honneur d'être le représentant ici présent, chère madame Escorias, j'ai le plaisir et la joie de vous offrir un cadeau en souvenir de votre premier siècle. Pour le second, nous avons encore le temps d'y penser. Envoyez le paquet ! »

A cet ordre, les deux battants de l'entrée s'écartèrent sur un équipage formé de Casse-Noisette, d'un serveur anonyme et d'un volumineux carton. celui-ci fut déposé sur une table.

« Ouvrez le paquet ! »

Après un long déballage, le cadeau apparut dans sa magnificence : un téléviseur !

« Avec les deux chaînes ! précisa Chazel. C'est pour vous, madame Escorias !

— Vouah ! Vouah ! firent les vieilles, suffoquées d'admiration.

— Qu'est-ce qu'il raconte ? demanda la centenaire.

— Que cette télévision est pour vous ! Un cadeau de la mairie !

— Une télévision ? Pour moi ?

— Oui, oui ! Pour vous !

— Et qu'est-ce qu'il veut que j'en fasse ? Je suis quasiment sourde et aveugle !

— Vous exagérez, madame Escorias ! Vous exagérez !

— Qu'il la garde, sa télévision ! J'en veux pas. »

Le maire sembla prendre très vite son parti de ce refus. Il se tourna vers le directeur :

« Qu'est-ce que je fais, monsieur le directeur ? Je la retourne au marchand ? »

Et l'autre, non moins préparé :

« Il y a une solution, si Mme Escorias est d'accord. Ce téléviseur, on pourrait l'installer ici, sur une console adéquate. De cette façon, toutes les amies de Mme Escorias, celles qui ont encore bonne vue et bonne ouïe, pourront en profiter. On évitera ainsi les chamailleries continuelles qui se produisent dans le salon, lorsque les unes veulent suivre le premier programme, et les autres le second. Que pensez-vous de cette idée ?

— Merveilleuse ! fit Chazel.

— Et vous, madame Escorias ?

— Qu'est-ce qu'il dit ?

— Il demande, votre cadeau, si vous voulez en faire cadeau à la communauté ?

— La télévision ? Qu'il en fasse des choux ou des raves, ça m'est égal.

— Bravo, madame Escorias ! Merci de votre générosité ! C'est un geste que les pensionnaires du *Doux Repos* apprécieront, j'en suis sûr !

— Pour Mme Escorias, cria le maire, un triple ban ! Un, deux, trois, quatre, cinq ! Un, deux, trois, quatre cinq ! Un, deux trois, quatre cinq ! Un, deux, trois !... »

La salle se vida peu à peu, les rentières retournèrent vers leurs pantoufles. Eh bien ! grommelait Mathilde. Y avait pas assez d'une armoire à barbus, en voici une seconde ! Mais moi, ils ne m'attraperont pas, nom de gueux !

12

De temps en temps, Mathilde retournait chez Françoise, la fille aux beaux estomacs. Elle y buvait du tilleul en mangeant de ces biscuits qu'on trempe dans l'infusion et qui fondent ensuite dans la bouche. Elle y goûtait surtout la joie de rencontrer le petit Guillaume, avec ses yeux bleus, son rire explosif, sa bouche aussi pleine de dents qu'une grenade de ses grains. (Pardi, si elle connaissait les grenades ! La baronne de Barante en recevait une caisse, d'Espagne, chaque hiver.) Avec aussi ses cheveux blonds bien peignés, partagés d'une raie, dans lesquels elle enfonçait ses lèvres, pour ne pas lui piquer les joues.

« Mathilde, raconte-moi une histoire ! Une très longue et que je connais pas ! »

Or, il se produisit une chose incroyable : en même temps, Françoise et le petit kaiser disparurent soudain de sa vie. Comme ça, du jour au lendemain. Sans laisser de trace. Tout d'abord, Mathilde crut à une maladie. Elle alla se renseigner auprès des secrétaires.

« Non, non, lui fut-il répondu. Elle n'est pas malade. Simplement, elle ne fait plus partie de la Maison. Elle nous a donné ses huit jours, et à la fin du mois elle est partie.

— Partie ? Où ça ?

— A Clermont. Nous avons là une adresse.

— Et pourquoi elle est partie ?

— Elle ne nous a donné aucune raison.

— Pas de raison ?... Ça par exemple ! Ça par exemple !... Sans m'avertir ! Sans me dire un mot ! »

Elle eut l'impression que les secrétaires souriaient, et trouva qu'il n'y avait pas de quoi, en vérité. Mais à Entraygues, tout finit par se savoir. La remplaçante de Françoise se chargea de la renseigner : une certaine Mme Dosgilbert, raide, maigre, tranchante comme la guillotine.

« Comment, s'étonna-t-elle, vous n'êtes pas au courant ? Vous ne connaissiez donc pas cette fille ?

— Il lui est arrivé quelque chose de grave ?

— Il lui est arrivé qu'elle est partie avec un homme. Ah ! c'était une belle coureuse, on peut le dire !

— Elle s'est... mariée ?

— Mariée, oui ! Derrière l'église !

— Pauvre Françoise !

— Vous la plaignez ?

— Je dis pauvre Françoise, parce que je prévois qu'il lui arrivera d'autres malheurs. Et elle a emmené son petit ?

— A ce qu'il paraît. Drôle d'exemple, qu'elle lui donne ! Ça fera une belle espèce, lui aussi ! Ah ! la jeunesse d'aujourd'hui ! Quelle chiennerie ! »

Mathilde baisse le front, comme si elle était responsable de la jeunesse d'aujourd'hui.

Mme Dosgilbert est une personne de grande vertu, sûrement. Pas une tache sur la conscience. On comprend son indignation. Avec elle, il faut filer doux. Dans les chambres, au réfectoire. Quelle est la cochonne qui a encore sali ce cabinet ? Est-ce que vous me prenez pour une vidangeuse ? Et ouvrez-moi cette fenêtre ! De l'hygiène, s'il vous plaît, de l'hygiène ! Qu'est-ce que vous faites ici, une heure à l'avance ? Vous me gênez pour mettre les couverts ; allez vous promener... où vous voudrez... allez faire le tour du pays, ça vous fera circuler le sang. Secouez-vous ! Bande de mollasses !

Pendant trois jours, le petit kaiser occupe toutes les pensées de Mathilde. Pourquoi elle ne t'a pas avertie de ce qu'elle mijotait ? Pourquoi ce départ si brusque ? Elle craignait, sans doute, que tu la retiennes, que tu l'empêches de commettre une nouvelle folie. Pauvre malheureuse ! Pauvre petit Guillaume ! Mon Dieu, faites qu'il ne leur arrive rien de mal ! Même si, en paiement, vous exigez que je ne les revoie jamais. Ainsi, elle divague, elle pleure, elle gémit sous ses couvertures. Un matin, Mme Sauvagnat le lui reproche :

« Qu'est-ce que vous aviez, cette nuit ? Je venais juste de m'assoupir, et tout par un coup vous m'avez réveillée en cerceau.

— Moi, je vous ai réveillée en cerceau ? Comment ça ?

— Vous faisiez : ha !... ha !...

— Je me rappelle ! J'ai eu des coliques. Ça m'a prise brusquement. Mais ensuite, ça m'a passé. Excusez-moi, ma pauvre. »

L'autre hausse les épaules, mal convaincue.

L'aveugle n'a pas non plus les satisfactions qu'elle espérait. Son fils, le premier comptable de la S.N.C.F., a bien pris sa retraite à la date prévue ; mais il ne se presse pas de venir la délivrer. Tu comprends, faut qu'on déménage. Notre appartement actuel est trop petit ; on a besoin d'une chambre de plus pour te recevoir. Dès qu'on aura trouvé quelque chose de convenable, tu viendras nous rejoindre. C'est entendu. Après Pâques, vient la Trinité. M. Murat, l'ancien instituteur, explique que le monde présent est en état de guerre permanente : ouvriers contre patrons, fonctionnaires contre Etat, petits commerçants contre gros, jeunes contre vieux, femmes contre maris, piétons contre automobilistes, citadins contre paysans, Europe contre Amérique, Paris contre province, et ainsi de suite. Alors, à ces hommes qui doivent se battre sur tous les fronts, comme fonctionnaires, comme provinciaux, comme administrés, comme automobilistes, comme piétons, comme citadins, comme consommateurs, comme contribuables, il ne faut pas demander des soucis de paix. Quand je commandais ma compagnie sur la ligne Maginot, pouvait-on me reprocher de ne pas penser suffisamment à mes vieux ?

Berthomieux est une autre victime de la situation. Il a donné pratiquement tout ce qu'il possédait, économies, maison, terrains, à son fils au moment où celui-ci s'est installé à Vichy dans les tubes digestifs. Il fallait payer l'appartement, le cabinet, les appareils de radio. Ça tombait à pic : Mme Berthomieux venait de mourir, et lui ne pouvait plus supporter la vue de ces lieux où ils avaient vécu ensemble tant d'années. Seul lui est resté l'indonnable : sa petite retraite de « travailleur indépendant », d'ancien chauffeur de taxi. En revanche, le Vichyssois lui a prodigué ses garanties :

« Pour ce qui concerne tes nécessités matérielles, tu n'as aucun souci à te faire. Je ne souffrirais pas que mon père unique manquât d'une allumette seulement ! Veux-tu que nous signions un papier à ce sujet ? Comme quoi je m'engage solennellement à subvenir, jusqu'à ton décès...

— Un papier entre nous ? Tu plaisantes ?

— Si, si ! Ça me fera plaisir !

— N'insiste pas ! Ou je t'envoie mon pied dans le derrière, tout diplômé que tu es ! »

Et le fils tient parole. Pour lui entretenir aussi le moral, de Vichy arrive de temps en temps une feuille d'ordonnance sur laquelle le spécialiste a griffonné, avec cette écriture particulière qu'ont les médecins, une page d'encouragements. C'est peu ; mais elle vaut un texte bien plus long si l'on tient compte des heures que met le destinataire à la déchiffrer. *Tâche d'écrire plus lisiblement,* répond-il. *Ou bien tape ta lettre à la machine. Sinon, je serai bientôt obligé de la porter au pharmacien pour qu'il me la traduise. Ce n'est pas la peine d'avoir reçu tant d'instruction pour écrire si mal.* Puis il ajoute en *post-scriptum*, comme un détail sans importance, qu'il a failli oublier, qui lui est revenu au dernier moment : *Pour ce qui est de l'estomac, des intestins, ça va. Rien à dire là-dessus. Mais le moral est à zéro, malgré tes ordonnances. Est-ce que je vais rester toute ma vie dans cette maison ? Ne pourriez-vous pas me prendre avec vous de temps en temps ? Huit jours par-ci, huit jours par-là ? Je ne demande pas la lune. Et si ce n'est pas possible, venez au moins me voir.*

Le Dr Berthomieux est trop pris par sa clientèle, la permanente et la saisonnière. *Tu ne te rends pas compte,* gribouille-t-il, *de ce qu'est l'existence d'un médecin. Constamment au service des autres, de jour et de nuit. Pas un repas régulier. Aucune vie de famille normale. Et le meilleur moment de l'année pour les autres, l'été, est celui où je travaille le plus. Les ouvriers ont bien de la chance, avec leur semaine de quarante heures ! Songe que j'en fais presque le double ! Quand je pense que tu oses te plaindre, alors que tu as le loisir d'occuper chacune de tes heures comme tu l'entends ! J'ai presque envie d'employer le mot d'ingratitude !... Enfin, nous tâcherons de faire un saut jusqu'à Entraygues pour Pentecôte, profitant du week-end prolongé...*

Quand elle voit ce qui se passe autour d'elle, Mathilde se sent privilégiée et en éprouve quelque honte. Après avoir gagné et perdu l'amitié de Françoise, il lui reste encore la satisfaction de recevoir la visite de son neveu Jean-Claude, accompagné ou non de sa femme et de leur fils. Avec une bonne nourriture, un bon chauffage, des voisines qui, si elles ne sont pas toutes bonnes, ne sont pas non plus toutes mauvaises, elle se sentirait presque heureuse, par moments, si elle avait seulement son tilleul du soir.

Docilement, le petit du briquetier embrasse la « vieille tata » quand on le lui commande ; il lui présente les menus cadeaux, raconte ce qu'il apprend à l'école : la règle de trois, le périmètre, l'imparfait et le futur. Et voici qu'un jour il lui récite une étrange leçon.

Assise au bord de son lit, Mathilde s'apercevait qu'ils ne l'écoutaient ni l'un ni l'autre. Tu vois bien que tu les ennuies, avec tes balivernes d'il y a cent ans ! Laisse-lui plutôt débiter ses histoires de briques. De temps en temps, le père enfonçait le coude dans les côtes de son rejeton. Une fois ou deux, Jeannot ouvrit la bouche, la referma, toussota. Voilà qui était assez clair. Mathilde finit donc par arrêter son prône, et attendit ce qui allait suivre. L'enfant cessa de sourire, toussota encore, sourit de nouveau.

« Vieille tata...

— Oh ! Tu peux m'appeler tata, simplement.

— Vieille tata...

—Bon, comme tu voudras.

— ... j'ai une commission à te faire.

— Ah ! oui ? De la part de qui ?

— De... de lui. »

Et son index désigna le briquetier qui, en ce moment, faisait mine de se chercher des épines dans les doigts. Drôle d'idée, de prendre son gamin pour interprète ! Est-ce qu'il pourrait pas s'expliquer lui-même ?

« Vas-y. Je t'écoute.

— Il voudrait que tu lui donnes ta maison.

— Ma maison ? Quelle maison ?

— Tu as bien une maison... où que t'étais avant ?

— Au Peyroux?... Oui, oui, j'avais une maison.

— Il voudrait que tu la lui donnes, pour y passer ses vieux jours.

— Tiens donc! Ses vieux jours! Il y pense bien tôt! Que je la lui donne, comme ça? De la main à la main?

— Puisque tu t'en sers pas! Puisque tu habites ici, maintenant! »

Sourd à ce qui se dit à un mètre de lui, mais rouge comme une saucisse, Jean-Claude se presse toujours les paumes pour en tirer des épines. Les briques, c'est plein d'épines. Mathilde sent dans son estomac toutes sortes de sentiments qui remuent.

« Tu comprends, poursuit l'enfant en reprenant son curieux sourire, lui... il est pas riche. Il gagne pas beaucoup d'argent, à la briqueterie. Alors, jamais on pourra avoir une maison à nous, si tu nous donnes pas la tienne.

— Ah! mais alors! C'est pas seulement pour ses vieux jours? C'est pour tout de suite?

— Ben... peut-être qu'on l'arrangerait, qu'on la réparerait, en attendant. Qu'on irait l'habiter le dimanche, et pendant les vacances.

— Je comprends. »

Elle regarde vers le neveu du miracle. Rien à faire : il demeure obstinément plongé dans ses écritures. Et en elle, toujours cette vinaigrette de sentiments, si bien qu'elle se sent un peu envie de rendre. Alors, elle pose une main sur la tête du drôlet. Une tête rase, doucement râpeuse : celle d'un ourson en peluche.

« Je te félicite. Tu es très bon commissionnaire... Oui, oui, très bon. »

A son tour, elle toussote. Il sourit.

« Et maintenant, moi aussi je vais te charger d'une commission. Tu lui diras simplement qu'il faut que je réfléchisse. La vieille tata, faut qu'elle réfléchisse, rapport à la maison. Et je te donne des bonbons. »

Elle sort la petite réserve ; il puise dedans. Qu'est-ce qu'on dit ? Merci, vieille tata. A la bonne heure. Ils s'embrassent comme si de rien n'était. Puis les deux Membrun s'en vont, le père baissant le nez, le fils mastiquant ses caramels.

Elle y réfléchit toute la nuit, pendant que Mme Sauvagnat récite ses fables. Voilà donc pourquoi il t'est tombé du ciel, ce neveu que tu ne connaissais point ! Comme le corbeau, il t'a vu dans le bec un fromage, et il attend que tu le lâches. Ah ! c'est bien le fils de sa mère Joséphine, qui a toujours eu les yeux plus grands que le ventre ! Rappelle-toi : le jour où l'on enterrait ton pauvre père, elle pleurait le drap neuf : on n'a pas idée d'envelopper un mort avec un drap tout neuf ! pour pourrir dans la terre, un usagé ferait aussi bien, même avec des trous ! Elle est comme ça, la Joséphine ! Et lui tout pareil. Il te savait cette maison. Peut-être même, avec sa Deux-Chevaux, qu'il est allé la voir en cachette. Alors, le voilà qui se lance dans les sacrifices : les bananes, les biscuits, les oranges, les visites deux fois par mois. Tout ça, avec l'espoir de te dépouiller.

Un moment, la colère l'étouffait et lui remplissait les yeux de larmes, comme une moutarde extra-forte. Par la fenêtre, elle voyait briller la lune au-dessus des toits. Ensuite, des sentiments moins aigres recouvrirent les premiers. Il est bien vrai, pourtant, qu'il ne gagne pas gros à la briqueterie, si ce qu'il dit est exact. Pauvre bougre ! Il a pas osé te présenter la demande lui-même, trop timide, au fond, avec ses grosses mains et sa figure cuite. Il a pensé que tu écouterais mieux le petit. Je sais ce que tu espères, Mathilde : que Louis reviendra un jour de sa Côte d'Azur, de ton vivant ou après toi, qu'il s'installera au Peyroux avec sa femme, qu'il habitera ta maison et y élèvera des chèvres. Permets-moi de te dire, ma pauvre, que tu raisonnes aussi bien de la tête que du derrière. Tu le vois, lui, élevant des chèvres ?... Oui, d'accord, on peut changer de goûts et d'opinions ; mais quand on a mené trente ans des commerces sur la Côte d'Azur, on ne va pas choisir le cimetière de Puy-Guillaume pour s'y faire enterrer. Là-bas, ils ont des cimetières grand luxe. Et puis, en somme, qu'est-ce qu'il a fait, ce Louis, pour mériter ton héritage ? A part naître de tes entrailles. Est-ce qu'il t'offre le moindre secours ? Tandis que ce pauvre Jean-Claude prend quand même la peine de venir t'apporter des « Petit Lu ». Depuis plus de six mois, tu lui fais perdre son temps et user ses pneus ; pourquoi n'aurait-il pas droit à une récompense ?

Pour finir, sa jumelle lui donna un conseil : Réfléchis bien, ma chère, avant de dire non. Réfléchis bien.

Depuis longtemps, la lune avait quitté le champ de la fenêtre. Mathilde s'assoupit au petit matin, tandis que les étoiles commençaient de s'effacer.

13

Le Conseil municipal se réunit sous la présidence de Chazel pour trouver une solution au problème des corbeaux.

« T'as-t-y l' devis du vétérinel ?

— Oui, je l'ai. Le voilà... Il demande 650 000 francs anciens pour empoisonner toute la commune, en faisant le travail lui-même, sous sa seule responsabilité. Il propose le *H 230,* qui assure une destruction totale et définitive.

— Il a pas besoin de faire le travail. Et nous, alors, à quoi qu'on est bon ? 650 000 francs ! On va pas accepter ce prix-là ! Votez-moi des crédits. Et moi, pour 650 000 francs, je me charge d'empoisonner tout le département !

— Et si tu fais périr aussi les bêtes ? Les vaches, les poules, les cochons, les chevaux ? T'en prends-t-y aussi toute la responsabilité ?

— Pisqu'on connaît le nom du produit... *H...* comment tu dis ?

— *H 230.*

— Bon. Pisqu'on connaît l'empoison, y a qu'à l'acheter chez un droguiste. Et chacun s'arrange pour la placer lui-même sur ses terres, là où ce qu'y a pas de risque pour son bétail. Ensuite, il se fait rembourser la facture par la mairie. Et le vétérinel aura son devis dans le baba ! »

Certains conseillers proposèrent d'organiser simplement des battues aux corbeaux, bien que la chasse fût hermétiquement fermée : à situation exceptionnelle, mesures exceptionnelles. D'autres parlèrent de disposer sur les arbres les plus fréquentés par ces oiseaux des charges d'explosif : la déflagration leur ferait péter les poumons, et ils tomberaient raides morts. D'autres suggérèrent des pièges, cent mille pièges éparpillés. En attendant, les corbaques poursuivaient leurs ravages.

Ils devinrent bientôt une affaire publique qui divisa l'opinion. Naturellement, tous les agriculteurs se montrèrent favorables à la destruction. Chez les autres, se forma un courant contraire pour protéger les volatiles. M. Robinet, l'instituteur, en prit la tête :

« De même que la nature a créé l'âne, la vache, le cochon, elle a créé le corbeau. Si nous permettons que les nôtres soient supprimés, nous rompons l'équilibre naturel. »

Et il racontait à ses élèves l'histoire de ce roi de Prusse irrité contre les étourneaux qui viennent manger les cerises de son jardin. Il charge un jour ses serviteurs de les détruire. L'année suivante, les cerisiers envahis par la vermine ne donnent plus de fruits.

« Croyez-moi, si les corbeaux sont parmi nous, c'est qu'ils ont leur utilité. Il faut, mes enfants, que vous preniez leur défense. Montrez à vos parents qu'ils se trompent. Empêchez-les de massacrer ces oiseaux. Préservez l'environnement d'Entraygues et nos récoltes futures. »

Les écoliers s'élancèrent dans toutes les directions pour répandre la bonne parole.

En juin, eut lieu le renouvellement des assemblées municipales. Deux équipes se disputaient les suffrages entraygois : une *Liste de Défense des Intérêts Communaux,* dont Chazel portait la bannière ; et une *Liste Républicaine et Sociale,* animée par l'horloger Méravil.

Le dimanche matin, les pensionnaires du *Doux Repos* eurent la surprise de trouver dans la cour le car du ramassage scolaire, mis ce jour-là à leur disposition.

« Tous aux urnes ! vociférait Gidon, le chauffeur, beau-frère d'un conseiller sortant. Le transport est gratuit ! Profitez-en ! Tous aux urnes ! C'est votre droit et votre devoir ! »

Beaucoup de pantouflards ne comprenaient rien à cette nouveauté, et se demandaient les uns aux autres ce que vendait ce camelot. Ils finirent par lui poser la question :

« En somme, qu'est-ce que vous vendez ?

— Rien du tout ! Je donne ! »

Et il distribua des bulletins où figurait la *Liste de Défense des Intérêts Communaux.* Vous n'êtes pas obligés de la mettre dans l'urne. Vous en trouverez une concurrente dans la salle de vote. Mais vous devez savoir si vous voulez oui ou non le maintien d'un maire et d'un Conseil qui se donnent tant de mal pour vous faire plaisir. Rappelez-vous l'arbre de Noël, la centenaire et tout le reste. Alors, vous montez ou vous ne montez pas ? Je vous ai déjà dit que le voyage est à l'œil, aller et retour. Ça vous fera toujours une petite sortie. En voiture! En voiture! N'oubliez pas votre carte d'électeur.

Eux finissaient par se laisser convaincre. Il acceptait les boiteux, les unijambistes, les paralytiques sur le dos des valides. A regret, il devait renoncer aux agonisants. Il alla chercher lui-même Charvillat, le cul-de-jatte, quand il sut que sa voiturette était en panne ; il le saisit et l'apporta entre ses bras, comme un vase de géraniums.

Devant la mairie, galamment, Gidon tendait la main aux rentières, les aidait à descendre, les poussait vers la salle de vote. Perdez pas le bulletin. A moins que vous ne vouliez changer. Changer? Pourquoi changer? Autant Chazel qu'un autre.

Un cas se présenta pour Mme Sauvagnat, aveugle. Gidon la prit à part et insista :

« Les aveugles ont le droit de vote comme les autres.

— Comment je voterais, sans voir clair?

— Suffit que vous vous fassiez assister par une personne de confiance.

— J'en ai pas, de personne de confiance.

— Qu'à cela ne tienne : la mairie peut vous en fournir.

— Me fournir une personne de confiance?

— Certainement. Nous en avons plusieurs. Assermentées et tout. Par exemple, vous demandez Marchepoil, le garde champêtre. Il se fera un plaisir de vous aider.

— Vous croyez?

— J'en suis sûr. »

Tout se passa très bien. Dans la salle de vote, Marchepoil se donnait un mal fou pour accueillir les pantouflards. Il prenait sous une aile les plus impotents, les faisait passer devant les deux piles de bulletin :

« La première, expliquait-il doucement, est celle de M. Chazel. La seconde, celle des autres. Servez-vous... Mais peut-être vous êtes déjà servi ?... Dans ce cas, prenez seulement une enveloppe. »

Il les accompagnait jusqu'aux isoloirs, les récupérait à la sortie, les pilotait vers l'urne :

« Présentez d'abord votre carte.

— *Ernestine Valade,* lisait l'assesseur.

— Maintenant, fourrez l'enveloppe dans la fente. Non, pas la carte, l'enveloppe.

— A voté !

— Vous pouvez retourner vers le car. »

C'est avec beaucoup de tact qu'il prit en charge Mme Sauvagnat.

« Je sais pas pour qui je dois voter, avoua-t-elle. On m'a dit que vous étiez une personne de confiance. Alors, qu'est-ce que vous me conseillez ?

— Ah ! Madame ! Vous êtes entièrement libre !

— Je le sais bien, que je suis libre. Mais ça ne vous empêche pas de me donner votre avis.

— Vous désirez savoir ce que je ferais, à votre place ? Voilà une question délicate !

— Je ne voudrais pas commettre une erreur, qui ensuite me porterait tort.

— Je vous comprends. Etes-vous satisfaite du *Doux Repos ?* Bien logée ? Bien nourrie ? Bien chauffée en hiver ? Bien soignée ?

— Ma foi...

— Dans ce cas, puisque vous êtes satisfaite,

gardez donc M. Chazel. Vous avez déjà son bulletin entre les doigts. »

La liste de *Défense des Intérêts Communaux* fut entièrement réélue. Quoique son nom eût été rayé de très nombreuses fois par les partisans de son équipe, Chazel conserva son fauteuil de maire. Malgré sa faible vue, la centenaire, Mme Escorias, avait voté aussi. Ce fut son dernier scrutin : elle s'éteignit quelques jours plus tard. Brisée par toutes ces émotions, prétendirent les mauvaises langues.

« Ben, constata-t-on généralement, elle n'aura pas profité longtemps de sa télévision ! »

Quant à Mathilde Dutheil, elle n'eut pas à se poser de questions. Ce début de juin se montrait exceptionnellement froid : on se serait cru en février. Le vendredi matin, quand elle voulut se lever, une faiblesse la prit, elle tomba sur les genoux. Mme Sauvagnat, entendant le bruit, demanda :

« Qu'est-ce qui se passe ?... Vous avez renversé quelque chose ? »

Mathilde ne trouvait pas le souffle de répondre, si bien que la voisine ne s'occupa plus d'elle. C'est l'aide-soignante, Mme Dosgilbert, qui la ramassa et la remit dans son lit. Elle haletait de fièvre.

Quelques heures plus tard, le docteur Baraban passa l'examiner. C'était un homme rapide, habitué aux consultations de masse. Il lui posa une main sur le front, lui scruta le fond de la gorge, lui tâta le pouls, lui fit tirer la langue. Tout cela sans même la découvrir.

« Un coup de froid. Pénicilline. Restez au chaud. Dans trois jours, ce sera fini. »

Lui, il eut fini en trois minutes.

Elle réclama une couverture supplémentaire. En fait, on lui apporta un édredon rouge sous lequel elle se pelotonna, bien décidée à guérir. Elle n'avait guère la force de parler; mais ses pensées fonctionnaient encore. La peste asiatique t'a ratée, et maintenant, voilà autre chose! Tiens bon : faut que tu règles tes affaires. Un testament. Voilà la solution, pour cette maison que le neveu t'a demandée. Sitôt que tu pourras mettre un pied devant l'autre, tu écriras ton testament. Tu feras appeler Me Chadeyras, de Puy-Guillaume. T'as pas le droit de partir avant. Alors, cramponne-toi.

Les vieilles marmites! Le dimanche, elle retrouva la parole. Dans la maison, on allait, on venait, comme si tous les rentiers jouaient aux quatre coins.

« C'est les élections, expliqua Mme Dosgilbert. Tout Entraygues est sens dessus dessous. »

Mathilde se réjouit d'échapper à la cérémonie. Pour qui tu voterais? Hein? Dis-moi donc un peu pour qui tu voterais, vieille bête, qui as jamais rien compris à la politique! Elle avala du potage et un peu de compote. Puis, elle se plaignit de l'édredon :

« Qu'est-ce qu'il a, cet édredon? Il est trop lourd?

— Non. Il m'empêche de voir clair.

— De voir clair? Et que diable voulez-vous voir?

— Les choses. Ce qu'il y a. Tant que j'aurai des yeux, je veux m'en servir.

— Quelles choses?

— La lune, par exemple.

— La lune ?

— Oui. La nuit, quand je dors pas, nous nous regardons à travers la fenêtre, elle et moi. »

Mme Dosgilbert s'en alla en haussant les épaules, mais sans emporter l'édredon. Celle-là, avec toute sa vertu, se dit Mathilde, ne vaut pas la pauvre Françoise.

La *Liste Républicaine et Sociale* de l'horloger Méravil comptait parmi ses membres l'instituteur Robinet et parmi son programme la « préservation de l'environnement et de l'équilibre naturel ». Une fois Chazel et les siens réélus, les corbeaux s'attendirent au pire. On les vit se rassembler en congrès, couvrant une surface de plusieurs hectares afin, sans doute, d'envisager une tactique de résistance ; après quoi — coâââ ! coâââ ! coâââ ! — ils décidèrent, pour commencer, de prendre des forces en se jetant sur les récoltes dépendant de la *Liste de Défense des Intérêts Communaux.* Il se trouvait en effet que l'équipe au pouvoir se composait presque exclusivement d'agriculteurs, l'équipe battue uniquement de Jean-sans-Terre.

La guerre corvine se développa, ardente et noire, opposant les voisins aux voisins, les familles aux familles, le frère au frère, le père à ses fils. C'est alors que Robinet décréta la mobilisation générale des forces dont il disposait : les enfants. Pendant des semaines, il les intoxiqua de propagande :

« Le sol de notre petite Patrie est en danger ! Les conseillers municipaux ont décidé d'empoisonner la faune et la flore, sous prétexte de détruire quelques corbeaux en excès ! Qui retiendra les autres animaux de goûter aux appâts ainsi répandus ? D'ici peu, non seulement la commune n'aura plus de corbeaux, mais elle verra disparaître tous les oiseaux, merles, pies, bouvreuils, rouges-gorges, moineaux, mille espèces qui enchantaient nos jours et nos nuits. Disparaître les insectes : abeilles, papillons, hannetons, cerfs-volants, fourmis, cigales, sauterelles, criquets, perce-oreilles. Disparaître aussi, naturellement, escargots, limaçons, lézards, taupes, rats des champs… »

Beaucoup de ces bestioles étaient le gibier des enfants. Ou des compagnons de jeu. D'autres peuplaient les poésies, les fables, les chansons dont le maître les bourrait : *Monsieur le Merle à son réveil… Maître Corbeau sur un arbre perché… Limaçon, limaçon, sors de ta coquille… La cigale ayant chanté… Saute, saute, sauterelle…* Après leur disparition, tout cela n'aurait plus aucun sens. Les élèves de M. Robinet pleurèrent, se mouchèrent, s'essuyèrent les yeux, jurèrent de combattre pour empêcher le génocide. Mot d'origine grecque signifiant massacre d'une race. Insecticide, massacre des insectes.

Fils de terriens ou fils de fonctionnaires, conscients de leur rôle historique, ces jeunes partisans se répandirent dans les campagnes, relevant les appâts et les enfermant dans des sacs, désarmant les pièges, affrontant les tueurs de Chazel :

« Assassins ! Génocides ! Corbicides ! Insecticides ! Escarguicides !

— De quoi je me mêle ? répliquaient les empoisonneurs. Toi, là-bas, Maurice, je te reconnais ! Je le dirai à ton père ! Les fesses te cuiront !

— Merlicides ! Raticides ! Lézaricides ! Taupicides !... »

Des paroles, les enfants passaient aux actes : ils ramassaient des pierres, les jetaient à la tête de l'ennemi qui fuyait en criant :

« Je porterai plainte ! Je vous dénoncerai à la gendarmerie ! A la mairie ! A la préfecture !

— Cigalicides ! Moinicides ! Papillonicides ! Abeillicides !... »

Ainsi, peu à peu, toute la population d'Entraygues et de l'arrondissement, pour ou contre, s'intéressa au sort et au bonheur de l'espèce en question.

Ses défenseurs formèrent une association régie par la loi de 1901 : l'A.D.C. (les Amis des Corbeaux.)

Elle distribua des affichettes autocollantes destinées aux vitres des voitures :

DEFENDEZ NOS CORBEAUX !!!

Au-dessous, un dessin représentait tous les gars du monde se donnant la main et formant un cercle protecteur autour d'une famille corbaque, tandis que des horizons s'avançaient des péquenots armés de fourches et de fusils.

On fit des quêtes dans la rue :

« Pour nos chers corbeaux, s'il vous plaît ! »

Des manifestants promenèrent des pancartes :

NOS CORBEAUX AUSSI,
LAISSEZ-LES VIVRE !!!

Tandis que des jeunes gens — probablement gauchistes — scandaient un slogan, sur l'air habituel :

« Nous sommes tous... des corbeaux !... Nous sommes tous... des corbeaux !... Nous sommes tous... des corbeaux !... »

14

PARMI tous les idiots, grands ou petits, qui pantouflaient à la Maison d'Entraygues, Lalouette était certainement un des mieux servis. On ne savait rien de lui, car il ne parlait pas, sans cependant être sourd. Certains prétendaient que sa mère avait coutume de l'emporter aux champs, dans ses langes, de le déposer sur un tas d'herbe fraîche, à l'ombre d'un arbre, tandis qu'elle piochait autant qu'un homme. Et un matin qu'il dormait ainsi, la bouche ouverte, une buse était tombée du ciel et lui avait mangé la langue.

C'était un garçon doux, l'œil tendre et humide. Quand elle passait près de lui, Françoise avait coutume d'effleurer sa nuque en chantonnant :

Lalouette, gentil Lalouette,
Lalouette, je te plumerai...

Il répondait par un grognement, en ouvrant son four vide et noir : sa manière de sourire. Il se serait laissé plumer sans résistance, car une de ses folies consistait à donner le peu de bien qu'il possédait. Les profiteurs de sa prodigalité ne manquaient point :

« Lalouette, tu me refiles ton morceau de viande ?... Lalouette, tu me passes tes cigarettes ? »

Il aurait donné ses chaussures, sa chemise, ses culottes si elles avaient tenté qui que ce fût. Pour donner ainsi, il faut vraiment être idiot. Savez-vous ce qu'on devrait faire ? suggéraient les malicieux. Le marier avec Mauricette ! A eux deux, quelle belle race ils engendreraient ! Pressentie, Mauricette ne se montra pas favorable : elle s'accommodait d'un célibat que remplissaient assez soixante-quinze poupons.

Lalouette était un des souffre-douleur préférés de la gaminaille entraygoise. Des petits paladins de la corbaquerie. Sitôt qu'il s'aventurait hors de l'asile, avec sa canne sinueuse, sa démarche flottante, sa casquette de travers, ses pieds en dedans, comme si l'un surveillait l'autre, les morveux jaillissaient de leurs tanières, l'entouraient en chantant :

Lalouette a pas de femme !
On lui en f'ra une en paille,
Et en carton pour la tête :
C'est la femme à Lalouette.

A tour de rôle, ils s'élançaient vers lui, s'efforçaient de lui tirer la veste par-devant ou par-derrière, de lui botter le train, de faire voler sa coiffure, de lui crocheter les pattes. Il baissait le front, faisait mine de foncer vers eux, comme s'il avait eu des cornes. Tu aurais cru une de ces vaches fleuries qu'on enferme par jeu entre des palissades : pour montrer leur audace, les jeunes gens la taquinent et lui chipent ses rubans. Quelques badauds se mettaient aux fenêtres ; ils regardaient la corrida avec un sourire amusé.

Vint le temps des premiers fruits. Les rentiers roublards suggéraient à Lalouette :

« Ho, Lalouette ! Tu nous paies des cerises ? »

On lui savait un peu d'argent de poche, rente parcimonieuse de son héritage. Comme on ne tenait pas à ce qu'il se fît dépouiller par les vauriens, un garde du corps l'accompagnait : Lulu, de préférence, toujours volontaire pour ce genre de missions. Devant l'étalage de Mme Ladoux, le muet tendait l'index vers les plus rouges :

« Hou.

— Des cerises ? A quatre francs ?

— Hou.

— Combien ? Une livre ?

— Hou.

— Il dit : un kilo, traduisait Lulu.

— Un kilo ?

— Hou. »

Protégé et protecteur revenaient tranquilles vers *Le Doux Repos*, les paladins n'osant les attaquer. Comme ils arrivaient dans la cour, les clients habituels de Lalouette accouraient de toutes parts. Alors commençait la distribution : deux cerises à chacun. Très vite, les bénéficiaires se les fourraient dans la bouche. Elles se trouvaient ainsi à l'abri des mains maraudeuses. Les queues sortaient. Ils les gardaient au chaud un long moment, pour les faire durer, sachant qu'après elles il n'en viendrait pas d'autres.

Lalouette se contentait des deux dernières : lui les balançait en riant devant ses yeux, ne se décidant pas à les engouffrer.

Plusieurs semaines s'écoulèrent avant que Mathilde ne revît son neveu briquetier. Peut-être qu'il n'osera plus se montrer, après la réponse que tu lui as faite, vieille calamastre. Et maintenant, plains-toi de ne jamais recevoir de visites ! Plains-toi, je te le conseille ! Comme elle n'avait cependant pas dit non, elle espérait qu'il reviendrait quand même. L'odeur du lard attire les rats. Elle avait honte pour lui d'un retour qui n'aurait que ce motif, et pour elle qui accepterait quand même de le recevoir. Satisfaite de son avidité. Plutôt un neveu avide qu'aucun neveu du tout.

Il revint en effet, son paquet de « Petit Lu » sous le bras. Seul, sans le commissionnaire, comme s'il avait voulu montrer qu'il pouvait se passer d'interprète. Elle ne souligna point cette absence. Quand il eut parlé du temps, donné des nouvelles de sa famille et du commerce des briques, il se racla la gorge et commença :

« Hm... tante Mathilde, faites pas attention à ce qu'on a dit la dernière fois.

— Qu'est-ce qu'on a dit ?

— A propos de votre maison. L'idée m'était venue, comme ça. Mais c'était pas une bonne idée. Vous avez un fils ; c'est à lui qu'elle revient, quand vous aurez disparu.

— T'occupe pas de mon fils. Il est trop riche pour avoir besoin d'héritage. Mon bien, je peux en disposer à mon plaisir.

— Si c'est comme ça que vous voyez les choses...

— Vivante, je me dépouille de rien. Mais je ferai mon testament ! Et ceux qui se seront montrés gentils pour moi auront pas à le regretter ! Voilà ce que je dis !

— Ma foi... ma foi... »

Visiblement, il hésitait entre le contentement et la déception. Si la vieille tata lui parlait de la sorte, c'est qu'elle pensait le payer de ses visites et de ses gâteaux secs. Mais il comprenait en même temps que le paiement se ferait attendre. Pour mieux ferrer la carpe, il jugea bon de protester :

« Croyez surtout pas que je viens vous voir pour que... vous me comprenez ?... C'est par amitié, uniquement...

— Te tracasse pas non plus là-dessus : je sais ce que je dois croire.

— Pardi !

— D'ailleurs, un testament, c'est comme une chaussette : ça se fait, ça se défait. »

Image qui le plongea dans la perplexité. Qu'est-ce qu'elle raconte, avec sa chaussette ? Ça a pas de sens. Elle devient rabuseuse. Elle sait plus ce qu'elle dit. Il espéra qu'elle préciserait sa pensée ; mais elle n'en fit rien, se contentant de l'épier du coin de l'œil, d'un air malicieux. Quand il décida de partir, une heure plus tard, elle le vit si tourmenté qu'elle l'accompagna jusqu'à la porte :

« Rappelle-toi ce que je t'ai dit !

— Qu'est-ce que vous m'avez dit ?

— A propos de ceux qui seront gentils pour moi.

— Oui, oui, je me rappellerai.
— A bientôt ?
— A bientôt. »
Elle le regarda s'en aller vers sa Deux-Chevaux. D'habitude, il marchait sans se retourner, puis, là-bas, allumait une cigarette avant de s'installer dans sa voiture. Ce jour-là, il la gratifia d'un salut du bras supplémentaire.

Elle tint à se mettre en paix avec elle-même.
« Est-ce que vous pourriez, ma mignonne, demanda-t-elle au secrétariat, téléphoner à Me Chadeyras, de Puy-Guillaume, pour qu'il vienne me voir ? Je payerai la taxe, naturellement. »
Le notaire débarqua donc un matin au *Doux Repos,* avec sa pipe et sa serviette. La rencontre eut lieu dans le salon d'honneur.
« Bonjour, madame Dutheil ! Il y a bien longtemps que nous ne nous sommes vus !
— Vous devez me trouver bien changée ?
— Je vous trouve surtout bonne mine. »
Tous les mêmes, ceux de l'extérieur, avec leur bonne mine ! Toi, par contre, mon bonhomme, qu'elle se disait, tu es bien toujours pareil ! Avec ton menton en galoche et ta barbiche, tu ressembles de plus en plus au bouc de Jouquet, à qui j'amenais mes chèvres quand j'habitais le Peyroux. Et tu pues quasiment autant, à cause de ta bougresse de pipe !
« La fumée ne vous dérange pas ? s'enquit-il, pour la forme.
— Alors, comme ça, vous avez pris la peine

de venir ? fit-elle, évitant de répondre. Je vous suis bien obligée.

— Le métier commande, madame Dutheil. En quoi puis-je vous servir ?

— Question testament.

— Sage précaution, madame Dutheil. Sage précaution ! Je vous reconnais bien là !

— Expliquez-moi ce que je peux faire. »

Avant de l'appeler, elle avait sa petite opinion à elle. Quand il eut parlé — dix minutes d'horloge ! — moitié français, moitié latin, et un peu turc de temps en temps, le cujusse, le légataire universel, la quotité disponible, l'indivision, le réservataire, et encore le cujusse, la représentation, l'olographe, et toujours le cujusse, elle se sentit aussi abasourdie que s'il avait passé ce temps à jouer du tambour. Il appelait ça « expliquer » ! Si bien qu'à la fin elle sortit son grand mouchoir à carreaux et se moucha dedans avec un bruit de trompette, plusieurs fois de suite, avec l'espoir que ça l'arrêterait. Il s'interrompit en effet. Dès qu'il voulut repartir, elle se moucha encore.

« Excusez-moi, fit-elle. Ces jours-ci, j'ai les tuyaux de la tête bouchés. Je crois que je vous comprends pas bien.

— En somme, que souhaitez-vous, madame Dutheil ?

— J'ai un neveu, à qui je voudrais laisser ma maison. C'est-y possible ?

— Vous avez aussi un fils vivant, n'est-ce pas ?

— Oui... vivant... je l'espère, si le bon Dieu veut.

— Eh bien, vous pouvez disposer librement

de la moitié de vos biens. Si la maison ne représente pas plus de la moitié de ce que vous possédez, vous pouvez la léguer à ce neveu. Avez-vous d'autres biens, mobiliers ou immobiliers ?

— Ben... y a les meubles. Mais j'aimerais qu'ils restent dans la baraque. J'ai aussi quelques économies, à la Caisse d'Epargne, si je les dépense pas avant de mourir. Et enfin, deux terres, sur la colline du Peyroux, entre la Pique et la Grand-Goutte, où doivent en ce moment pousser les genêts.

— Croyez-vous que l'ensemble de tout ça vaille autant que la maison ?

— Je sais pas. Je me rends pas compte.

— Pas de dettes ? »

Elle se sentit rougir, comme s'il lui demandait : avez-vous les pieds sales ?

« Non, non, pas de dettes. J'ai jamais su ce que c'est qu'une dette.

— De toute manière, rien ne vous empêche de faire ce legs par testament. Au décès du *de cujus*...

— Qu'est-ce que c'est, le cujusse ?

— Vous.

— Moi, le cujusse ?

— Donc... quand vous en viendrez... à quitter ce monde, vos deux héritiers, le neveu et le fils, se débrouilleront entre eux. Si le fils se trouve lésé, il demandera, à l'amiable ou en justice, une indemnité compensatoire.

— Oh ! Je le connais ! Il est tellement riche, maintenant, qu'il ne demandera rien du tout ! Ma bicoque ne l'intéresse pas.

— Vous avez sans doute raison. »

Elle lui remit ses titres de propriété, il promit de revenir prochainement avec un texte qu'elle recopierait de sa main et signerait.

Une belle page d'écriture, nom de gueux !... *Je soussignée, Mathilde Dutheil, née Membrun, veuve de Pierre Dutheil mort pour la France... saine de corps et d'esprit... déclare par-devant Maître Chadeyras Simon, notaire à Puy-Guillaume... vouloir léguer à mon neveu Jean-Claude Membrun...*

« Ces dispositions, confirma-t-il, vous pourrez à tout moment les annuler ou les modifier. »

Quand tout fut écrit, signé, paraphé, tamponné, elle en fit la révélation à son neveu de la briqueterie :

« Ces jours-ci, j'ai rédigé mon testament, pardevant notaire.

— Ah ! oui ?

— Ainsi, j'ai rempli mon devoir. Il reste aux autres à remplir le leur. »

Il la considéra fixement, de ses yeux éberlués :

« Qu'est-ce que ça veut dire, ça ?

— Ça veut dire ce que j'ai dit.

— C'est-y par hasard que vous m'auriez fait donation de votre maison ?

— Pas impossible. Qui vivra verra. Qui donnera recevra. Comme on fait son lit on se couche. »

Il glissa une main sous sa casquette et se gratta le crâne.

« J'aimerais mieux savoir, insista-t-il. Au moins pour vous remercier.

— Me remercie pas. Tu sauras, quand je serai morte. »

Le lundi de Pentecôte, fidèle à sa promesse, le docteur Berthomieux descend de sa voiture au milieu d'Entraygues. Une DS dernier modèle ; mais il a pris soin de conserver la boue et la poussière qui l'enrobent, pour en atténuer le lustre. En certaines circonstances, il vaut mieux ne pas trop briller. Les badauds du voisinage se posent quand même des questions. Le caducée, 03 : un médecin de l'Allier. Qui ça peut-il être ? Quelque spécialiste appelé en consultation ? Tout de même pas le fils d'un pensionnaire, avec le pognon qu'il gagne ! Sait-on jamais ? On trouve de tout monde au *Doux Repos :* une comtesse dédorée, un avocat, un ancien ténor du Châtelet, des instituteurs, une garde-barrière, des commerçants, un retraité du chômage.

On avertit Berthomieux que quelqu'un le demande au salon d'honneur. Les cloches sonnaient ce matin : Pentecôte ! Pentecôte ! Alléluia ! Alléluia ! Quel grand jour ! Quel heureux jour ! Sa mère, paysanne des Combrailles, prétendait que les pivoines choisissent la Pentecôte pour s'ouvrir ! Il descend précipitamment de son étage, sûr de trouver au rez-de-chaussée tout un parterre de Berthomieux, grands et petits. Son cœur en lui s'étale comme une pivoine ouverte. Du dernier palier, il reconnaît son fils, carré dans un fauteuil, avec ce visage plein sans replétude, ces lunettes sévères, ce début de calvitie qui inspirent confiance à la clientèle. Il s'élance, prend possession de lui, le serre dans ses bras convulsifs. Le docteur lui tapote le dos, faisant là, là, là ! Le geste professionnel dont il calme les patients trop nerveux. Le vieux a honte de son émotion, et reste un moment la tête cachée contre la joue de son fils.

Enfin, ils se séparent.

« Le beau groupe que nous formions ! dit le Vichyssois, avec un petit rire. Ça méritait une photo !

— Les autres... sont restés dehors ?

— Quels autres ?

— Ta femme, tes enfants ?

— C'est-à-dire, je... j'ai voulu venir d'abord tout seul.

— Tout seul !

— Comprends-moi, je vais t'expliquer. Je connais ce milieu : les asiles... les maisons de retraite. Tu penses bien, ce n'est pas la première fois que j'ai l'occasion de me mêler à leur population. Tous ces pauvres vieux, ces tordus, ces monstres, ces demi-fous, ces fous complets, drôle de spectacle à mettre sous les yeux de deux gosses qui n'ont encore que trois et cinq ans ! Bref : j'ai craint de les traumatiser. Je sais de quoi je parle : n'oublie pas que j'ai fait une année de pédiatrie ! Alors, je préfère attendre encore un peu, avant de les amener ici.

— Mais... je pouvais les rencontrer dehors ! Au café ! Dans le jardin public !

— On voit bien que tu connais mal mes petits diables ! Curieux comme des furets ! Ils auraient voulu visiter ta maison, ta chambre, et tout le toutim. Non, sincèrement, je crois plus raisonnable, pour leur santé morale et physique, de leur épargner le plus longtemps possible la vue de certaines horreurs. Les impressions du premier âge ont une importance énorme sur l'évolution de la personnalité. Toi, le grand-père, tu dois avoir souci autant que moi de leur équilibre, non ?

— Bien sûr… Bien sûr… »

Il dodeline de la tête et répète mécaniquement :

« Bien sûr… Bien sûr… »

Puis, sans se fâcher, sans devenir pourpre, il dit doucement :

« Et le mien ?

— Le tien quoi ?

— Mon équilibre, qui s'en occupe ?

— Ton équilibre !… Tu ne vas pas… tu ne vas pas comparer… ! »

Le Vichyssois ne précise pas sa pensée davantage : il reste le souffle coupé, la bouche ouverte, les yeux béants d'indignation. De sorte que sa pensée s'y lit comme dans un livre. Tu ne vas pas comparer ta vie et la leur ! Ton importance à toi, homme fini, usé, vidé, et leur importance à eux, boutons de rose, sourires du matin, herbes d'avril ! On ne peut être et avoir été. Tu as eu ta part du festin : laisse la table aux autres. Deuxième service ! Troisième service ! Combien de fois naguère je t'ai entendu répéter : les parents doivent se sacrifier pour leurs enfants ! As-tu oublié tes principes ? Moi aussi je me sacrifie pour les miens : toujours à turbiner comme un bagnard, en pensant à eux, à leur bien-être, à leur avenir dans ce monde difficile où je les lâcherai.

« Alors, dit Berthomieux, il reste une solution.

— Oh ! toi ! Tu as des solutions pour tout ! Des solutions simplistes !

— Tu ne vas pas, des années encore, me priver de la vue de mes petits-enfants ? Est-ce que tu crois que j'ai tant à vivre ?... Puisque tu refuses de les amener ici, emmène-moi. Prends-moi chez toi quelques jours. A Vichy, y a pas de vieux, pas de débris, pas d'horreurs... Et si tu peux pas m'accepter dans ta maison, paie-moi l'hôtel. Ils ne manquent pas, les hôtels, à Vichy ! Juste une petite semaine !

— Tu plaisantes ? D'abord, en cette période, ils sont déjà pleins ou réservés du grenier à la cave, les hôtels. Ensuite, que dirait-on de moi, lorsqu'on apprendrait que je reçois mon père de cette façon ? Là-bas, je suis connu comme le loup blanc. Puisque tu insistes, une fois achevée la saison thermale, tu viendras chez nous, voilà. »

Et le vieux, n'osant y croire :

« C'est vrai, ça ?... Pour de bon ? Chez vous ?

— Promis. Une semaine, selon tes désirs.

— Une semaine en votre compagnie ?

— Mais oui ! N'insiste pas, voyons ! »

Pentecôte ! Pentecôte ! Alléluia ! Alléluia ! Quel jour heureux ! Comme elles avaient raison de s'ouvrir cette journée-là, les pivoines de la Combraille !

15

MME Issartier et Mme Valade, les deux voisines de Mathilde, menaient bon train leur championnat de maladies. Il fallait bien qu'en fin de compte l'une d'elles l'emportât. Et la palme est revenue à celle qu'on croyait la moins douée. Une nuit, les insomniaques de Saint-Paul entendent une sorte de gémissement :

« Non, non !... Pas toi !... Pas toi !... Pas... toi ! »

Et au matin, on trouve Mme Valade déjà raide, dans son lit, les yeux béants, la bouche ouverte, les mains écarquillées, comme si elle voulait repousser l'embrassade de quelque audacieux.

« Encore une qu'est passée comme une lettre à la poste ! conclut la greffière de l'autre compartiment. C'est pas moi qui aurai cette chance ! »

Deux hommes en tablier blanc pénètrent dans les lieux, s'emparent de la particulière, la roulent dans son drap comme un poisson dans la farine. Ah ! On peut dire qu'ils ont le tour de main ! Poussant leur chariot, ils traversent la cour fleurie en direction du dépositoire, et bavardent tranquillement comme s'ils revenaient de la pêche :

« ... J'ai vu le match à la télé. Minables ! Minables !... Si nos gars sont pas capables de taper dans un ballon, pourquoi qu'ils jouent pas au ping-pong ?

— Non. Pasque le ping-pong est un jeu trop correct : il donne pas l'occasion d'envoyer des coups de pied en vache !

— Ah ! j'te jure ! Ça m' fait mal aux tripes, de voir ça ! »

Cependant, les tripes de Mme Valade tressautent doucement sous le drap, aux légers cahots de la charrette. Les pantouflards qui la voient rouler devinent la nature du chargement :

« Encore un — ou une — qui n'a plus mal aux dents. Lulu va y gagner des pourboires. »

En ouvrant les yeux, Mathilde constate de l'agitation. Mme Dosgilbert vient et va, emporte des brassées de vêtements et de linge. Privée de sa partenaire, Issartier sanglote à petits hoquets.

« Qu'est-ce qui se passe, donc ?

— Notre voisine, Mme Valade, est défuntée, explique la Sauvagnat. On l'a déjà enlevée.

— Par exemple ! Dire que je me suis aperçue de rien ! Pour une fois que j'ai dormi un peu tard !... J'irai lui jeter de l'eau bénite.

— Vous lui en jetterez pour moi. »

Le dépositoire est un sous-sol tout en longueur, qu'éclairent aussi mal que possible deux soupiraux. Pénombre et fraîcheur. Une porte latérale doit donner accès aux caves où l'on conserve le vin, les pommes de terre, les fromages. Une légère odeur de saint-nectaire se mêle au formol prépotent. Cinq lits alignés : on a prévu largement. Les besoins cependant devaient dépasser les prévisions à l'époque de la grippe asiatique. Mme Valade occupe le premier, les mains réunies sur la poitrine, la mâchoire calée par une boîte d'allumettes vide, plus discrète que ce mouchoir noué sur le crâne, qui donne aux défuntés l'air de revenir de chez le dentiste. Sur une tablette, un verre où trempe un rameau de buis. Mathilde le secoue légèrement sur le corps. Elle récite mentalement un *Notre-Père* et un *Je vous salue*. Puis elle secoue une deuxième fois le rameau mouillé, au nom de Mme Sauvagnat.

Personne n'est là pour faire à la morte un peu de compagnie. Sur trois cents pensionnaires, sans compter le personnel ! Pas même Issartier. Toi seule, ma pauvre. Voilà ce qui t'attend aussi, quand le bon Dieu voudra. Comme elle a l'air triste, de se voir abandonnée dans cette cave ! J'espère qu'au moins y a pas de rats ! Manquerait plus que ça : qu'ils viennent lui ronger les oreilles !

Mais elle se trompe. Au moment où elle se lève de sa chaise pour partir, la porte s'ouvre, et entre un gros homme. Lulu !

« Je viens veiller cette chère Mme Valade, en attendant l'arrivée de la famille. »

Il s'est muni de journaux, Mathilde ne répond pas ; mais elle ne peut s'empêcher de regarder la figure de ce particulier, bourgeonnante comme un chou-fleur. Son tour venu, c'est lui qui sans doute la veillera, en lisant le journal. Et il déclarera au neveu Membrun, aux deux ou trois pelés qui voudront bien suivre son enterrement :

« Cette chère Mme Dutheil ! Nous l'aimions

bien, tous ! Si aimable ! Toujours de si belle humeur ! Ah ! Je lui ai rendu de grands services ! Naturel ! Pour moi, elle était une seconde mère !... »

La Valade est partie. Tout Saint-Paul attend avec inquiétude l'arrivée de sa remplaçante, qui ne saurait tarder : on ne va pas laisser ce lit sans occupante, alors que les candidates font la queue. Pourvu que ce ne soit pas une mauvaise femme ! Ni une folle ! Ni une sale ! Ni une orgueilleuse !

Mme Issartier combat ses douleurs en silence, humiliée, au fond, de devoir reconnaître que sa rivale avait plus qu'elle raison de se plaindre ; la greffière continue de houspiller la Tournadre, son esclave ; la Sauvagnat attend que son fils, l'ex-premier comptable, ait découvert l'appartement qui lui permettra de la prendre ; Mathilde s'étonne de se trouver la plus vieille de la compagnie, de constater qu'une fois encore la Mort a frappé à la porte à côté, comme si elle l'oubliait. Puis elle se reproche ces pensées. Qu'est-ce que tu as à critiquer le bon Dieu, qui n'a besoin ni de tes étonnements ni de tes conseils ? Jusqu'au dernier instant, tu resteras la même grincheuse !

Le 14 Juillet arrive à point pour leur changer les idées. Entraygues pavoise. Le ciel pavoise aussi. Les pantouflards valides se répandent dans le bourg pour assister au défilé. Ils regardent de tous leurs yeux. Adossés aux murailles. Assis au bord des trottoirs. Pliés sur leurs cannes. Les pompiers marchent en tête, avec leur drapeau, le fracas de leurs tambours et de leurs clairons. Derrière, les Puissances : Chazel et son Conseil. Enfin, les majorettes. Car Entraygues a maintenant ses majorettes, coiffées de shakos en carton. Une douzaine de gamines qui lèvent la jambe en cadence et manœuvrent une canne enrubannée. Les vieux bavent en regardant ces cuisses roses.

Tout à coup, une chose terrible se produit : Mauricette passe à l'action. On ne sait comment elle a accepté ce jour d'abandonner sa progéniture. Voici qu'elle s'élance derrière les hussardes entraygoises, retrousse à pleines mains ses cotillons, aussi haut que possible, se met à défiler à leur suite en s'efforçant de lever la jambe de la même façon : un, deux, trois, quatre... un, deux, trois, quatre... Des spectateurs applaudissent, d'autres se tordent de rire. Les pantouflardes crient avec indignation :

« Veux-tu te cacher, vieille sale !... Tu as oublié de prendre des culottes ! »

Les mères de famille mettent la main sur les yeux de leurs enfants. Appelez le garde ! Le garde champêtre ! C'est inadmissible ! Attentat à la pudeur ! Drôle de 14 juillet ! On n'a jamais vu une chose pareille ! Oh ! mais si ! On l'a vue bien souvent ! De quoi parlez-vous, espèce de cochon ? Ben, ma pauvre dame, vaut mieux voir ça que d'être aveugle.

Mais le garde marche en tête du défilé, parmi les Puissances. Il n'entend rien que les clairons et les tambours. Il ne veut rien entendre d'autre. Derrière lui, les majorettes imperturbables poursuivent leurs mouvements d'ensemble : un, deux, trois, quatre... un, deux, trois, quatre...

Entraygues est un pays plat, mais calme, verdoyant, riche de deux rivières pas encore polluées, la Seyche et le Litrou. Aussi reçoit-il en été un assez grand nombre de touristes, amateurs de pêche à la ligne, de fenaisons, de cuisine à l'ancienne, de vins aigrelets. Les paysans mettent à leur disposition des logis neufs en de vieilles maisons, avec eau froide et chaude, douche, chambres, cuisine : les gîtes ruraux. Le samedi, jour de marché, les étrangers refluent sur le bourg où s'offrent à leurs marchandages les richesses de Messidor : pêches, poires, melons ; carottes, tomates, salades ; œufs, beurre, fromages ; poulets aux pattes liées ; canards ébahis ; lapins aplatis dans leurs paniers, les oreilles coites, avec l'espoir qu'on ne les remarquera point.

Ici comme partout, le garde-champêtre, la gendarmerie ont reçu des consignes sévères : défense de toucher au touriste. Il peut, si tel est son bon plaisir, pétarader de jour et de nuit, entrer dans les églises sans se signer, piétiner les blés mûrissants, fouler en voiture prairies et plantations, marauder les fruits verts, piller les jardins, sauter les barrières, souiller les forêts, les rivières, les lacs, faire razzia sur les jonquilles, les pissenlits, les escargots. Le touriste est la vache sacrée des campagnes françaises.

Ceux d'Entraygues jouissent d'une particulière vénération, à cause de leur nombre encore modeste. La municipalité se livre à des contorsions budgétaires pour en attirer chaque année davantage. Or, un samedi matin, tandis que le marché met la place en effervescence, les touristes sont frappés par un spectacle qui les fait reculer d'épouvante. Il faut dire qu'au *Doux Repos* les deux larges fenêtres du réfectoire féminin s'ouvrent au ras du sol ; si bien que de la rue chacun peut embrasser du regard l'intérieur de la pièce. Longtemps avant 11 heures, comme à l'accoutumée, cent cinquante rentières s'y trouvaient réunies ; les unes sagement assises, tricotant, attendant les hors-d'œuvre ; les autres, le nez collé à la vitre. Cent cinquante vieilles grelottantes, ricanantes, tordues, poilues, étiques ou hydropiques, exhibant sans pudeur leur décrépitude, leurs difformités, leurs gencives nues. Cent cinquante fées Carabosse. Un musée des horreurs !

Et les tics ! Chacune a le sien, parasite pervers logé dans un sourcil, une paupière, le nez, une pommette, la joue, le menton, la langue, le goitre. Certaines en possèdent deux. Ainsi réunies, ces figures échangent leurs grimaces, leurs rictus, leurs clignements, comme pour jouer une farce muette.

Les touristes ont reflué en désordre vers leurs voitures, oubliant d'acheter pêches, poireaux, salades. Ensuite, une délégation a marché sur la mairie où Chazel s'est empressé de la recevoir. Ils ont fait part de leur émotion, dépeint le choc subi par leurs enfants :

« Mais quel est ce rassemblement obscène ?... Tous ces monstres en un même lieu, on aurait dit, je vous jure, une séquence de Fellini !... Mes gamins en ont eu des cauchemars !... Est-ce ainsi, monsieur le maire, que vous cherchez à appâter les touristes ?... Alors, sachez que nous ne voulons plus voir cela ! Choisissez : ce sont elles ou nous ! »

Et lui, bien embarrassé :

« Mesdames, messieurs, personne ne vous comprend mieux à Entraygues que son maire ici présent. Ces vieilles sont pensionnaires à la maison de retraite *Le Doux Repos.* Nous ne pouvons quand même pas les tuer ! Les jeter au dépotoir ! Que voulez-vous que j'en fasse ? »

Les touristes se sont consultés ; ensuite leur réponse est venue :

« Les tuer, non, la loi ne le permet pas. Alors, cachez-les !

— Les cacher ? De quelle façon ?

— En disposant des rideaux. En leur interdisant de sortir, sinon toute la saison d'été, du moins le samedi. »

Chazel pousse un grand soupir : il s'attendait à des suggestions plus exorbitantes. D'accord, on va installer les rideaux. Bien épais, bien opaques, ne craignez rien. On laissera juste entrer un peu de jour par le haut, ça ne gênera plus les passants. Pour ce qui est de l'interdiction de sortir, on ne peut aller jusque-là. Mais on fera des *recommandations.* Des recommandations pressantes !... *Il est recommandé aux pensionnaires d'éviter de sortir les jours de marché, à cause de la cohue et du trafic intense susceptible de provoquer des accidents... La Direction décline toute responsabilité...*

« Vous le voyez, mesdames et messieurs, la municipalité d'Entraygues fait tous ses efforts pour donner satisfaction aux touristes et améliorer chaque année la qualité de l'accueil. Ne manquez pas de le signaler à vos amis et connaissances. »

Puis l'été passe, les touristes s'en vont. Les enfants retournent à l'école où M. Robinet les prépare à d'autres luttes, pour le bonheur des grenouilles, des lézards, des perce-oreilles. Sans parler des petits Biafrais à qui l'on envoie des sous et des pensées émues.

Le bonheur des pantouflards n'intéresse personne. Du moins, peuvent-ils sortir librement, désormais, chaque jour de la semaine, jusqu'à l'heure du couvre-feu. Après le grand tohu-bohu estival, ceux qui ont les jambes encore marchantes retrouvent avec plaisir leurs petites promenades, dans le bourg et la campagne. Même si, comme les chats, ils ne s'éloignent guère de leur chatière. Parfois, il arrive cependant que l'un d'eux s'écarte un peu trop et s'égare. Les gens du voisinage ont l'habitude de ces rencontres :

« Où que vous allez comme ça, grand-père ?

— Au *Doux Repos.*

— Vous êtes pas dans la bonne direction, vous lui tournez le dos !

— Ah ! oui ?... Aussi, je me reconnaissais plus... »

On ramène en voiture, ou dans le tombereau du tracteur, ces brebis égarées.

Il y a aussi les fugueurs systématiques, qui prennent n'importe quelle route et marchent droit devant eux, sans souci de la destination, pourvu qu'ils s'éloignent de l'asile. On les connaît bien. Toute porte ouverte les attire : ils foncent vers elle tête basse, comme le bourdon vers la vitre. Solution : on les retient de force dans une pièce appropriée. C'est-à-dire vide de tout meuble, excepté de chaises en fer, incassables. Ils ne sont pas sous clé, non ; mais on leur défend de sortir. Pas surveillés non plus ; mais une aide soignante vient souvent leur répéter les consignes. On ne sort pas ! Mais je veux aller aux cabinets ! Hé ! Toujours vos cabinets ! Vous passez votre temps à aller aux cabinets ! C'est la quatrième fois depuis ce matin !

Octobre vient. Les Entraygois vendangent leurs raisins violets, dont les grains semblent givrés ; ils arrachent leurs betteraves et leurs patates ; ils dépanouillent leur maïs. Berthomieux se dit que là-bas, à Vichy, la saison thermale s'achève, que son fils va pouvoir le prendre enfin avec lui. Il écrit, pour lui rappeler sa promesse... *D'accord,* répond le docteur sur une feuille d'ordonnance. *J'aimerais venir te chercher ; mais j'ai vraiment trop à faire. Les transports en commun n'ont pas été inventés pour les chiens, et tu n'es pas invalide. Prends donc le train ou le car, nous t'attendons. Nous serons heureux de t'avoir avec nous un certain temps. Envoie seulement un mot pour nous prévenir de ton arrivée.*

Berthomieux délire de joie. Oui, oui, je prendrai le car Citroën ! Je viendrai à pied s'il le faut ! Ah ! monsieur Murat ! Ah ! madame Murat ! Savez-vous ce qui m'arrive ? Je quitte *Le Doux Repos !* Pour toujours ? Sûrement pas, ce serait trop beau ! A moins que mes petits-enfants n'insistent pour me retenir !... Mais du moins, pour... un certain temps. Je ne sais pas combien. Deux semaines, trois semaines, peut-être davantage. On verra. Enfin, je vais pouvoir jouer avec mes petits-enfants ! Heureux grand-père !

Et le voilà qui part réellement, le 28 octobre, avec sa valise et sa casquette noire de chauffeur de taxi, comme s'il était encore en service. Ses amis l'accompagnent au car de Vichy, l'aident à s'installer, le recommandent au chauffeur. Ayez bien soin de lui ! C'est le père du docteur Berthomieux, spécialiste des tubes digestifs ! Une des sommités de la science française ! Et il va voir ses petits-enfants ! Tâchez d'arriver à l'heure, et de ne pas avoir d'accident ! Ne versez pas ! Ils disent « verser » au chauffeur du car, comme s'il menait un char de foin ! La voiture s'en va, emportant Berthomieux qui, derrière la vitre, les larmes aux yeux, leur jette des baisers à pleines mains. Envoyez-nous des cartes postales !... Brave Berthomieux ! Comme il est heureux de retrouver les siens ! Ah ! On aimerait bien être à sa place. Peut-être l'avons-nous perdu pour toujours.

A la Toussaint, rentiers et rentières pensent à leurs morts, dispersés dans des cimetières inaccessibles. Mathilde comme les autres : son père et sa mère, à Escoutoux ; son frère Benoît, à Randan ; Jacques, à Clermont ; Maurice, en Allemagne ; son mari, le pauvre Pierre, à Cléry, dans la Somme, s'il est resté quelque chose de lui. Baste ! Prends un peu patience, cher ami : prochainement, où que tu sois, je saurai bien te retrouver.

Mme Issartel, au contraire, est une privilégiée.

Originaire d'Entraygues même, elle possède sur place une concession en terre où dorment déjà ses deux parents, son mari et un enfant emporté en bas âge par la fièvre typhoïde. Tous dans le même lopin. L'avantage de ces sépultures, c'est qu'au bout de quelques années corps et boîtes se dissolvent dans la terre, puis se mêlent intimement, brassés par la bêche des fossoyeurs. C'est alors, peut-on dire, qu'on forme une famille unie ! Mme Issartel ira elle-même les rejoindre un jour, et ils se pousseront gentiment afin de lui laisser une petite place. Voilà pourquoi, le matin du 1er novembre, elle tire de son demi-placard une ancienne cuiller aplatie au marteau et s'en va, malgré ses maux infinis, rendre ses devoirs à ses défunts. Toute la matinée, elle bine, sarcle, désherbe, ratisse. Un peu avant 11 heures, elle rentre à Saint-Paul, les mains boueuses, le cœur satisfait :

« Je suis très contente, dit-elle, parce que j'ai mis ma tombe bien propre. »

Le lendemain, à la surprise de tous, Berthomieux rentre de Vichy, par le même car. Tel qu'il était quatre jours plus tôt, la valise, la casquette, mais la joie en moins sur la figure.

« Ça par exemple ! Si on s'attendait à vous voir revenir si vite ! Vous aviez dit : un certain temps...

— Alors, quatre jours, c'est pas un certain temps ?

— On pensait...

— Pensez ce que vous voulez.

— Est-ce que vous n'avez pas été... bien reçu ?

— Fichez-moi la paix. »

Il regagne sa chambre. Il rechausse ses pantoufles. Le soir, au réfectoire, il touche à peine à la soupe et pas du tout aux nouilles. Qu'est-ce qu'il y a, Berthomieux ? Pas d'appétit ? Le voyage m'a fatigué, ça passera. Et puis, là-bas, ils m'ont tellement bourré... Ça passera.

Les jours suivants, il ne mange pas davantage. Une rumeur se répand dans la maison : Berthomieux fait la grève de la faim. La Directrice n'aime pas ça du tout. Pourvu que l'histoire n'atteigne pas les oreilles des journalistes ! Le directeur se dérange, monte jusqu'à la chambre que Berthomieux occupe seul. Il le trouve assis près du lit.

« Qu'est-ce qu'il y a, monsieur Berthomieux ? Ça ne va pas ?

— Mais si, ça va. Qui a dit que ça n'allait pas ? Ça va très bien. J'ai mal nulle part.

— Vous savez ce qu'on raconte ?... Que vous faites la grève de la faim !

— Moi, la grève de la faim ? Allons donc ! Je mange peu, mais je mange.

— Bien peu, en effet, à ce que me rapportent les femmes de service. Peut-être n'appréciez-vous pas nos menus ? Désirez-vous quelque chose de spécial ? Du jambon blanc ? Des asperges ?

— Rien du tout. Ça va comme ça.

— Avez-vous quelque chose à nous reprocher ? Vous n'aimez pas cette maison ?

— Rien à dire contre la maison. Elle fait ce qu'elle peut. Rien à dire.

— Alors ?... Pourquoi refusez-vous la nourriture ?

— Je la refuse pas. C'est seulement qu'il ne m'en faut guère en ce moment. Ça passera.

— Vous devriez vous remuer. Rencontrer des amis. Sortir.

— Vous avez raison. Je vais aller acheter le journal.

— A la bonne heure ! Excellente idée ! »

Mme Ladoux n'en revient pas non plus, lorsque Berthomieux se présente devant elle :

« Monsieur Berthomieux !... Je vous croyais à Vichy !... »

Mais il lui lance un tel regard qu'elle n'insiste point.

« Enfin, c'est comme ça... Que désirez-vous ? »

Il baisse les yeux, il réfléchit :

« Un billet pour la mort.

— Pardon ?

— Un billet pour la mort. »

Elle s'efforce de rire :

« Nous avons pas cette marchandise. Prenez plutôt *la Montagne*. Ou *la Gazette*. »

Elle lui fourre un journal entre les mains. Il paie, machinalement. Il s'en va sans saluer.

Cela devient un rite. Chaque fois qu'il reparaît, il demande :

« *La Montagne*... *La Gazette*... Et aussi un billet pour la mort. »

Au bout de quinze jours, le docteur Baraban ordonne son transfert à l'hôpital de Thiers. Là-bas, on le nourrira à coups de perfusions. On l'empêchera bien de mourir d'inanition ! Soyez tranquilles : nous le reverrons. L'appétit lui reviendra !

16

BEAUCOUP de saisons ont passé. Des chaudes et des froides, des mouillées et des sèches.

On n'a pas revu Berthomieux. Son appétit s'était enfui ; personne n'est parvenu à le rattraper.

17

Le neveu briquetier s'était longtemps astreint à des visites fréquentes et régulières. A la longue, il se lassa de cette assiduité et ne vint plus que de loin en loin. De deux choses l'une : ou bien elle t'a légué sa maison dans son testament, ou bien pas. Si c'est non, je vois pas pourquoi tu t'esquinterais le corps et la bourse à lui apporter des biscuits tous les quinze jours. Si c'est oui, suffit que tu viennes par-ci par-là, juste assez pour lui montrer ton affection. A la longue, avec l'essence, le temps perdu, les gâteries, cette baraque finirait par te coûter plus qu'elle ne vaut. D'autant plus que la vieille a la vie dure. L'avantage du système, c'est que chacune de ces irrégulières visites causait maintenant à la « vieille tata » une surprise heureuse. Depuis longtemps elle avait cessé de demander quoi que ce fût au Ciel ; elle prenait les choses qui lui venaient, bonnes et mauvaises, sans applaudir ni protester.

Elle eut très peur cependant la nuit où elle perdit le souvenir des figures. Ne pouvant dormir, elle occupait les heures, selon une ancienne habitude, à revoir en esprit les personnes qu'elle avait connues et aimées, ses parents, son mari, ses voisins, ses bonnes relations. Une sorte de lanterne magique qu'elle allumait à sa fantaisie. Or, cette fois-là, tout à coup, la lampe de la lanterne s'éteignit. Plus d'images ! Mathilde se rappelait exactement qu'elle avait eu jadis un père, une mère, des frères, ainsi de suite ; mais elle ne parvenait plus à retrouver les contours de leur visage. Mon Dieu ! Est-ce que vous voulez me les prendre une seconde fois ? Même le pauvre Pierre avait disparu. Comment était son front ? Comment étaient ses yeux ? Comment était sa bouche ? Comment était sa voix ? Car elle n'entendait pas davantage ces voix qui depuis quarante ou cinquante ans, hier encore, continuaient de parler en elle à son commandement. Vous me quittez ? leur cria-t-elle. Pourquoi ? Qu'est-ce que je vous ai fait ?

Soudain, elle se trouva seule au monde, telle une enfant perdue au milieu d'une ville étrangère. Afin de ne pas déranger le voisinage, elle enfonça ses pleurs et ses gémissements sous les couvertures. Tu es trop vieille ! Beaucoup trop vieille ! Bientôt quatre-vingt-cinq ans ! Tu devrais avoir honte ! Ton père, rappelle-toi, est parti à soixante, ta mère à soixante-douze, tes frères à soixante-six, soixante-quatre et vingt-cinq, ton mari à vingt-huit. Pourquoi t'accrocher à une vie inutile et qui ne fait plaisir à personne ? Et toi, quels plaisirs trouves-tu dans cette maison ? Ah ! tu n'as pas l'air pressé de les rejoindre ! Regarde autour de toi : les autres s'en vont, et tu restes ! Peut-être souhaites-tu devenir centenaire aussi, comme Mme Escorias, et recevoir une télévision ?... Est-ce ma faute si je deviens vieille ? Est-ce ma faute ?

Sitôt qu'un peu de jour fut entré dans la chambre, elle se précipita sur la photographie du chauffeur Pierre Dutheil, de faction sur la table de nuit. Elle fut heureuse de retrouver ses traits, son front, ses yeux, sa bouche. Elle fouilla aussi dans ses papiers, exhuma des portraits jaunis : Maurice en 1913, sa mère en 1920. Les autres manquaient.

Ils lui revinrent la nuit suivante ; mais après, ils disparurent de nouveau. Désormais, ils jouèrent en elle un interminable cache-cache, tout en lui jetant leurs réprimandes : Honte à toi, qui es si vieille !... Faudra-t-il que ton joli neveu t'apporte des biscuits empoisonnés ? De la mort-aux-rats ? De l'ersénique ! Le temps doit bien lui durer de te voir partir, à présent que tu lui as laissé comprendre que tu l'avais couché sur ton testament !

Le jour revenu, l'idée lui resta dans la tête : des biscuits empoisonnés ! Elle attendit impatiemment la venue de Jean-Claude, pour essayer de comprendre s'il était capable d'une chose pareille.

Trois semaines plus tard, le briquetier, assis sur la chaise pliante, posait des questions au lieu de fournir des réponses :

« Vous croyez pas que votre maison, au Peyroux, doit être en train de pourrir, abandonnée comme elle est ?

— Ça se pourrait bien.

— Supposez que quelqu'un aille lui rendre visite, ouvre les portes et les fenêtres, pour l'aérer un peu, vous pensez pas que ça lui ferait du bien ?

— Ça lui ferait pas de mal. Quelqu'un ? Qui ça, quelqu'un ?

— Ben... vous, si vous voulez. Je pourrais vous y transporter dans ma Deux-Chevaux.

— Moi ? Ah ! mon pauvre Jean-Claude ! Je serais morte en arrivant là-bas. A mon âge, un voyage en voiture ? Voilà le vrai moyen de me tuer ! »

Elle le considéra d'un air soupçonneux. Il se tortillait sur la chaise. Puis il reprit, en rougissant :

« A moins que...

— A moins que quoi ?

— Que vous me chargiez, par exemple, d'y aller à votre place.

— Te tracasse pas pour la maison, va. Celui qui en héritera fera les réparations nécessaires. Il a plus beaucoup de temps à attendre.

— Si vous croyez... »

Il baissa le front. Puis, machinalement, comme si les deux idées avaient un lien entre elles, il tira de sa poche l'habituel paquet de gâteaux secs, le lui tendit.

« Oh ! Pourquoi ! protesta-t-elle. Faut pas te croire obligé ! Tu fais des frais inutiles ! »

Elle prit quand même l'étui, remercia, le tourna un moment entre ses mains. C'est facile de savoir, qu'elle se dit. Elle l'ouvrit, le lui présenta :

« Tiens, prends-en un, tu me feras plaisir.

— Non, non ! Je les ai apportés pour vous !

— Je sais. Mais tu peux bien y goûter.

— Moi, les sucreries ! J'aimerais mieux un canon.

— J'ai pas de canon à t'offrir. Allons, tu vas pas me refuser ! »

Il se décida, avec répugnance, tira un seul biscuit, le garda entre ses doigts, en parlant d'autre chose. La pluie, le beau temps, la chasse qui allait bientôt ouvrir, le travail des briques, sa femme, son fils. Au bout d'un moment, elle lui fit remarquer :

« Alors, tu le manges pas, ce biscuit ?... Peut-être qu'il est empoisonné ? à l'ersénique ? »

Il rigola : « Oui, oui, à l'ersénique ! »

Et il se le fourra dans la bouche. Du moins, il fit le geste. Elle se demanda si, par quelque tour de passe-passe, il ne l'avait pas glissé dans sa manche. Elle tendit l'oreille, et l'entendit craquer entre ses dents. Il refusa absolument le second.

Après son départ, elle offrit des biscuits à ses voisines, surprises d'une telle largesse. Il n'est pas d'usage, dans la maison, de partager les chagrins ni les cadeaux. Chacun les garde tout entiers. Seul Lalouette se répand en prodigalités, car c'est là sa folie particulière. Par exception, les autres rentières de Saint-Paul mangèrent donc des biscuits de Mathilde. Aucune n'en mourut. Alors seulement elle se sentit rassurée. Quelles idées imbéciles tu vas te mettre en tête ! Un malheureux que tu amuses depuis si longtemps ! Faudra lui donner cette permission qu'il te demande. Qu'il te demande avec la voix du pauvre Maurice !

Entre Mme Sauvagnat et l'ex-premier comptable, il y eut une scène affreuse, à laquelle Mathilde dut assister malgré elle. L'aveugle avait fini par y voir clair :

« Cet appartement, quand est-ce donc que tu le trouves ?

— Quand je pourrai.

— Tu ne me feras pas croire que, dans une ville grande comme Clermont, pleine de maisons neuves qui ont jusqu'à dix étages, y a pas d'appartement à ta convenance !

— Il y en a. Seulement, sais-tu le loyer qu'on me demande ? Cinquante, soixante, soixante-dix mille ! Et moi, je n'ai pas les moyens de payer des sommes pareilles avec ma petite retraite.

— Eh bien ! Va habiter la campagne ! Les loyers y sont moins chers. Pourquoi Clermont ?

— Parce que ma femme y a son travail, tu le sais. Tu la vois faisant la coiffeuse à Nébouzat ?

— Pourquoi pas ! Les filles de la campagne se coiffent comme les autres !

— Y en a plus, de filles, à la campagne ! Tu es vraiment au courant de rien ! C'était pas la peine que je t'achète un transistor ! »

Jusque-là, la discussion s'était menée à voix basse, si bien qu'on pouvait alentour faire semblant de ne rien entendre. Tout à coup, la cantonnière haussa le ton :

« Tout ça, c'est des prétextes ! Tantôt tu me dis une chose et tantôt une autre ! Quand tu m'as amenée ici, c'était du provisoire. Et voilà un provisoire qui dure depuis sept ans ! J'en veux plus de cette maison ! J'en veux plus ! Fallait pas me promettre que tu me retirerais ! »

Et lui, effrayé :

« Calme-toi, voyons ! Crie pas comme ça ! A quoi ça sert ? Je suis pas sourd ! Tout le monde va t'entendre, et on te chassera !

— C'est ce que je veux, qu'on me chasse !

— Et où iras-tu ?

— D'ailleurs, c'est bien simple. Je te donne encore un mois pour trouver un appartement et m'enlever d'ici. Dans un mois, si rien n'est changé, je me jette par la fenêtre ! »

Moment de silence et de stupeur. Toutes les oreilles de Saint-Paul attendent la suite. Le premier comptable a un gros rire bête, pour laisser croire qu'il prend la chose à la plaisanterie :

« Par la fenêtre ?... Ha ! ha ! ha ! Elle est bien bonne ! Tu habites au rez-de-chaussée ! »

Et elle, stridente : « Je monterai au dernier étage de la baraque ! Sois tranquille : je trouverai une fenêtre assez haute !

— Ne dis pas de bêtises ! Je vais chercher encore... Faire l'impossible. Calme-toi... Pour aujourd'hui, vaut mieux que je te laisse. Je reviendrai la semaine prochaine... Au revoir... Calme-toi. »

Il s'est sauvé, minable, sans saluer personne, pour échapper à la crise de nerfs dont il entendait derrière lui les éclats.

Il y eut encore de longs jours et de longues nuits.

Mathilde s'intéressait de moins en moins à ces gens qui passaient autour d'elle : pantouflards et pantouflardes, femmes de service, curé, médecin, infirmières, visiteurs. En les côtoyant chaque jour, c'est à peine si elle les voyait. Ta vue baisse, ma pauvre, ta vue baisse. En fait, non, il ne s'agissait pas de cela. Elle avait l'impression qu'ils perdaient de leur épaisseur qu'ils devenaient des formes de brouillard. D'elle-même, elle ne parlait plus à personne ; et quand on lui adressait la parole, on devait répéter, et c'est à peine si elle répondait. Elle oubliait de se rendre au réfectoire ; Mme Dosgilbert la prenait par le bras, l'emmenait de force. Elle oubliait même de se lever, se faisait secouer les puces :

« Encore couchée ?... Voulez-vous sortir, grande paresseuse !

— J'ai rien qui presse !

— Vous avez à faire votre lit ! Et moi à balayer la chambre. Allez, raouss !

— Qu'est-ce que ça veut dire, raouss ?

— Ça veut dire de vider les lieux. »

Une fois sur sa chaise, elle enfilait un bas, laborieusement ; puis, elle demeurait rêveuse, jusqu'à ce que l'aide-soignante vînt la malmener de nouveau. Peu à peu, elle perdait cette précieuse habitude, gardée toute sa vie solitaire, de se parler à elle-même, de se conseiller, de se gourmander. Cette sœur jumelle qui habitait en elle et lui avait toujours tenu compagnie devint muette, puis déserta. Quel vide ce fut, de ne plus s'entendre traiter de blagande, couraude, gourmandasse, calamastre, vieille cane, et ainsi de suite ! Elle s'habitua aussi à ce silence. Elle était moins sensible maintenant au froid et au chaud, au sucré et à l'amer, au lourd et au léger. Petit à petit, le monde lui échappait.

Les seules heures encore belles, de temps en temps, étaient celles de la nuit. Même si elle ne dormait pas. Surtout si elle ne dormait pas. Elle convoquait tous ses fantômes, à tour de rôle. Ils venaient généralement, vagues peut-être dans leurs lignes, aisés quand même à reconnaître selon ce que lui disait son cœur. Comme on devine derrière une porte une présence aimée. En leur compagnie, elle revivait tout à coup des événements oubliés depuis un siècle. La cruche cassée. La pipe du grand-père. Le vagabond secouru. Le déménagement de Néronde à Escoutoux : dix-huit kilomètres, tout le monde à marcher sur la route, veaux, vaches, cochons, couvées. Les devinettes de sa mère :

« Quel est ce portefeuille plein de porte-plumes ?

— ...

— Un arbre plein d'oiseaux. Qu'est-ce qui sort d'un four pour entrer dans un autre ?

— ...

— Le pain. Qu'est-ce qui va à la fontaine en criant et revient en pleurant ?

— ...

— Le seau. »

Ainsi, le présent perdait de sa substance, mais le passé en gagnait chaque nuit.

Quand il lui arrivait de dormir, ses fantômes n'en profitaient pas pour s'éclipser : ils peuplaient ses rêves. Tous merveilleusement rajeunis. Son frère Maurice avait douze ans et elle dix. Il l'entraînait dans toutes ses escapades. Il surprenait les oisillons au nid, empoignait les écureuils par la queue, capturait les vipères avec une branchette fourchue, retournait les salamandres en leur soufflant sur l'échine, sentait en automne la poussée des champignons sous les feuilles, en juin celle des artichauts sauvages. Sachant qu'il n'en profiterait pas longtemps et voulant sans doute le rassasier, la nature l'avait comblé de ses dons. A présent, son nom, *Maurice MEMBRUN*, figurait à Escoutoux sur la plaque de marbre du monument aux Morts. Leur mère lui disait avec tristesse :

« Toi, tu es trop fin. Tu ne deviendras pas vieux. »

Les voix, toutes les voix de l'ombre chuchotaient maintenant autour d'elle. Mathilde, pauvre Mathilde, tu es née pour en voir ! J'ai eu grand tort de te mettre au monde... Mais non, ne courons pas ! A quoi sert de courir ? Nous allons tous derrière l'église, sous les arbres noirs. Certains ventre à terre ; d'autres gentiment, sans se presser... Voici que je vous présente Mathilde Membrun, pour qu'elle devienne ma femme et votre fille... Merci, madame la Baronne... Nous ne vous oublierons pas. Nous vous aiderons à élever votre enfant, fils d'un glorieux martyr !... Savez-vous, Mathilde, je suis seul et vous êtes seule ; nous devrions nous marier ensemble... Madame, votre fils est un mauvais sujet... Notre âme devient un coquelicot... Je vous demande votre âge, vieille sourdignole !... Raouss !...

Une certaine nuit, elle entendit une plainte : *Mathilde, Mathilde, pourquoi m'as-tu abandonné ?* Quel choc lui donnèrent ces mots, pareils à ceux de N.S. Jésus-Christ sur la croix ! Dormait-elle ? Veillait-elle ? Elle n'aurait su le dire. Il lui arrivait souvent, de jour aussi bien que de nuit, de flotter entre la veille et le sommeil. *Mathilde, Mathilde, pourquoi m'as-tu abandonné ? Pourquoi m'as-tu fait malédiction ?* Elle n'en parla à personne. A quoi bon ? Dans cet étrange magasin où trois cents vieux se trouvaient entreposés, chacun ne s'intéressait qu'à ses propres misères, totalement indifférent à celles d'autrui. S'en réjouissant plutôt, comme si elles avaient diminué les siennes.

Et toutes les nuits, désormais, le même reproche : *Mathilde, Mathilde...* Elle consulta ses fantômes. Qu'est-ce donc qui m'appelle comme ça ? nom de gueux ? Comment, qu'est-ce donc ! Es-tu devenue sourde ? Sourde et oublieuse ? Ben, aidez-moi un peu ; faites comme si je l'étais devenue. Rappelle-toi ce que tu as abandonné : ta maison où les vents se réfugient ; ton jardin qu'envahissent les ronces ; le Peyroux tout entier que plus personne ne protège. Mais, vous le savez, je ne pouvais plus vivre là-bas ; je me suis ramassée sur la descente de lit ; je donnais de l'embêtement à tout le monde. C'est vrai, tu ne pouvais plus y vivre ; du moins pouvais-tu y mourir. Tu le peux encore : cela ferait réfléchir un peu les autres lâcheurs. Qu'est-ce que ça veut dire, y mourir ? Penses-y, Mathilde, penses-y dans ta tête, avant qu'il ne soit trop tard. Sur les épaules, disait la sœur d'Escoutoux, je n'ai pas une tête, mais une calebasse. Penses-y dans ta calebasse.

Elle y pensa longtemps. Puis, elle prit sa résolution.

Ses promenades ne l'avaient jamais conduite très loin du *Doux Repos*. Elle connaissait pourtant fort bien la position d'Entraygues, entre la

Seyche et le Litrou. Celui-ci, on l'a devant soi en tournant le dos au soleil couchant. On suit sa pente, et il vous amène nécessairement à l'Allier. On suit alors l'Allier qui vous amène jusqu'au pont de Limons. De là, on n'a que quatre pas à faire pour atteindre Puy-Guillaume. Une fois à Puy-Guillaume, on est presque au Peyroux. L'itinéraire était simple. Toujours suivre la pente des eaux, jusqu'à Limons. Mais d'abord, partir au soleil couchant. Quand on s'apercevrait de son absence, elle serait immpossible à rejoindre.

Ce soir-là, elle fit bien honneur à la soupe, aux lentilles, au fromage. Elle but son verre de vin coupé. Puis, à Saint-Paul, elle chaussa ses souliers à tige, se couvrit les épaules de sa pèlerine, prit son cabas de cuir où elle glissa la clé de sa maison, son boursicot, ses papiers et la photo du pauvre Pierre. Elle disposait encore d'une heure de jour.

« Je sors un moment, expliqua-t-elle à Mme Sauvagnat.

— Vous avez bien de la chance de pouvoir sortir. »

Avec sa démarche de vieille cane, elle passa devant l'église, longea le cimetière, prit le chemin du Litrou, emprunté plusieurs fois aux mois chauds pour aller se mettre au frais sur ses rives. Les choses s'arrangeaient bien, car elle ne rencontra personne. Dans son dos, le ciel flamboyait comme un feu de Bengale. Il avait plu les jours précédents ; des flaques luisaient dans les creux qu'elle ne voyait pas toujours à temps, et où elle jetait ses brodequins. Au loin, des vaches meuglaient leur veau.

Enfin, elle atteignit ce sentier de pêcheurs qui suivait le ruisseau. Litrou : drôle de nom de baptême ! Comme si, en certaines saisons, il contenait à peine un litre ! Du moins, n'était-ce pas le cas pour l'heure présente : il coulait gonflé à ras bords. Elle n'eut aucune peine à reconnaître le sens du courant.

Le sentier montait et descendait, toujours glissant et penché du côté de la rivière. Ce qui la fatiguait beaucoup. Elle chercha un bâton, une branche sèche pour s'appuyer. De temps en temps, elle s'asseyait sur une souche, une pierre, le revers d'un talus, afin de reprendre haleine. Puis elle remettait en marche sa mécanique, trébuchant sur les racines, griffée par les ronces, giflée par les feuilles. N'importe. Elle irait jusqu'au bout, à l'appel de son village crucifié : *Mathilde, Mathilde, pourquoi m'as-tu abandonné ?*

La fraîcheur de la nuit tomba très vite. Elle se réjouit d'avoir pris sa pèlerine. Une vapeur se forma sur les eaux, comme celle d'une lessive qui se prépare à bouillir, monta, s'épaissit, déborda sur les rivages. Mathilde avançait maintenant en plein brouillard. Si tu suis bien la rivière, aucun risque que tu te trompes. Marche donc sans te soucier. En arrivant, tu allumeras le feu, et tu te feras un bon tilleul. Un tilleul bouillant ! Et plein de parfum ! Mon Dieu ! Donnez-moi seulement la force de marcher. Et toi, mon pauvre Pierre, si tu peux faire quelque chose pour moi, interviens auprès des Puissances du Ciel. Et vous aussi, ma mère. Et vous, mon père. Et toi, Maurice. Vous tous qui m'avez connue, soutenez-moi, pour que mes jambes et mes genoux me portent jusque là-bas. *Mathilde, Mathilde...*

Quelque chose fila entre ses jambes, la secoua d'une grande frayeur. Un lièvre, sans doute, débusqué du gîte. Ou quelque autre bête sauvage. Plusieurs fois, elle glissa dans la boue visqueuse, tomba, s'embrenna les cotillons, puis se redressa, repartit, accrochée à son sac et à sa canne. Des grenouilles se mirent à chanter alentour. Souvent aussi, elle devait faire un détour, parce que des barrières, des fils de fer barbelés coupaient son chemin. Elle s'enfonçait dans des sables, arrachait ses pieds comme des carottes. *Mathilde, Mathilde, pourquoi m'as-tu abandonné ?*

Le brouillard, moins épais que large et que long, n'empêcha pas la lune de se lever. Elle parut là-haut pour lui tenir compagnie. Bien coupée en son milieu, telle une tranche d'orange. Les chouettes s'interpellaient : hou-hou-hou-houououououou... Le Litrou ruisselait sans hâte, mais obstiné, contournant ses rochers et ses îlots, avec des gargouillements brusques et profonds. D'étranges épaves y flottaient, pareilles à des échines de crocodiles. *Mathilde, Mathilde...*

La fraîcheur devint froid. Elle sentit mille lames de glace la transpercer. Les arbres se tordirent comme des fumées folles. Toutes les grenouilles en même temps embouchèrent leur flûteau. La lune rouge se boursoufla, se fit énorme, puis creva dans le ciel, répandant son contenu sanglant jusqu'aux limites invisibles des horizons. Sous ses pas, la terre se gonflait et se dégonflait traîtreusement... Mon Dieu ! Donnez-moi suffisamment de chaleur !... Un tilleul, peut-être... Je vous avertis que je ne sens plus mes jambes... Combien de jours faudra-t-il que je marche ?... Un peu de chaleur, s'il vous plaît... *Mathilde, Mathilde, pourquoi m'as-tu abandonné ?...* Je reviens, je reviens... Prends patience... Me voilà.

La sécheresse devenait folle. Elle venait outre mesure, glaça la température. Les arbres se tordirent comme des flammes folles. Toutes les montagnes en même temps commencèrent leur ascension. La lune rouge se boursoufla, se fit énorme, puis creva dans le ciel, répandant son contenu sanglant jusqu'aux limites invisibles des horizons. Sous ses pas, la terre se gonflait en se dégonflant rageusement... Mon Dieu ! Donnez-moi suffisamment de chaleur !... On s'était peut-être... Il vous avertit que je ne sens plus mes jambes... Combien de jours faut-il que je marche ?... Un peu de chaleur, est-vous [illegible]... [illegible] Anathème [illegible] abandonné ?... Il [illegible] je [illegible]... Prends patience... Me voilà.

Achevé d'imprimer en août 1994
sur les presses de l'Imprimerie Bussière
à Saint-Amand (Cher)

POCKET - 12, avenue d'Italie - 75627 Paris Cedex 13
Tél. : 44-16-05-00

— N° d'imp. 2145. —
Dépôt légal : 4e trimestre 1979.

Imprimé en France